語言風格與文學韻律

竺　家　寧　著

中國文化大學中文研究所博士
國立政治大學中文系教授

五南圖書出版公司 印行

自 序

　　文學作品都具有特點，過去的文學家們用自己的一套方法說明這些特點，現代的語言學家用另外一套方法說明這些特點。文學家們用的是印象的、唯美的、主觀的、綜合的方法，語言學家用的是具體的、求真的、客觀的、分析的方法。他們觀察的方向和視點不同，目標卻是一樣的，他們都企圖闡明文學作品的特點。他們都把這項研究稱為「風格」。為了區別這兩種不同的視點，我們把後者稱為「語言風格」，研究這些特點的系統知識就是「語言風格學」。每個文學家都有屬於自己的風格特點，每篇文學作品也都有屬於自己的風格特點，進而每個時代、每種體裁，也都有屬於自己的風格特點。正如同每個人都有屬於自己的面貌特徵，每個人都有自己獨特的走路姿態和習慣一樣。有經驗的文學家和語言學家，他們運用其敏銳的觀察力，正確的指出這些風格特色。由此，對文學作品的賞析提供了幫助。文學家和語言學家所用的方法不是矛盾的，而是相輔相成的。因此我們應該結合傳統的文藝風格學和現代的語言風格學，為文學的研究開展出一條新的道路。

　　事實上，「語言風格學」是文學和語言學成功結合的範例。它是文學和語言學的中間學科，在講究科技整合的現代，「語言風格學」具有特殊的意義。1996 年台灣大學曾經舉辦了一次「中國文學的多層面探討國際學術會議」，筆者在會議上發表了〈從語言風格學看杜甫的秋興八首〉一文，正是希望把這個理念傳達給學術界。由當時反應的熱烈程度看，已經普遍引起了學者的興趣與學術界的重視。

　　語言風格學可以分成三個次領域：韻律風格學、詞彙風格學、句法風格學。本書專注於第一項的介紹，也略略提及後兩項的基本概念。本書由十八篇論文組成，其中又以唐詩和詩經的韻律分析為主軸。此外，又有三篇附錄，介紹了語言風格學各家的定義，以提供讀者參考比較。並列出語言風格學的參考書目，以提供讀者做進一步閱讀之用。最後還列出語言風格學有待進一步研究的建議課題，以提供研究者撰寫論文之參考，例如大學研究所的博碩士研究生，正可以循此線索來選擇學位論文的題目。

　　「語言風格學」在大陸上起步的比較早，成果也比較豐碩，台灣在這方面的投注還只是萌芽階段。筆者十多年來，曾在淡江大學、成功大學、中興大學、中正大學的中文研究所講授「語言風格學」課程，先後指導了十多篇相關的論文。我們希望透過這本小書的介紹，能產生拋磚引玉的作用，對有興趣的朋友能提供一點啟發。我們寄望將來會有更多的人一起投入這個領域，共同來開拓這塊園地，讓它開出更燦爛的花朵。

目　次

6 ‖ 聲韻學知識與文學賞析────075

7 ‖ 分析古典詩歌中的韻律────089

8 ‖ 詩歌教學與韻律分析────097

目
次

目次

語言風格學之觀念與方法

一、前　言

「語言風格學」是一門新興的學科，它是語言學和文學相結合的產物。換句話說，它是利用語言學的觀念與方法來分析文學作品的一條新途徑。

原本廣義的「語言風格學」包含了一切語言形式的風格，既涵蓋口頭語言，也涵蓋書面語言，既處理文學語言，也處理非文學語言❶，而「風格」也包含了體裁風格（或文體風格）、時代風格、地域風格❷、個人風格諸方面。目前對於語言風格學的探討，多半採狹義的，把關注的焦點放在文學作品的個人風格上。

二、語言風格學和傳統風格研究的關係

傳統的風格研究有幾個特徵：第一，重視綜合的印象，而不是分析性的；第二，重主觀的直覺，認為能客觀的、知覺的描繪出來，往往已脫離了「美」；第三，傾向以高度抽象的形容詞來區分風格；第

四，重視體裁風格。

從曹丕的〈典論〉始，就明顯的具有了上述的特徵。所謂「奏議宜雅，書論宜理，銘誄尚實，詩賦欲麗」正是對四種文體的綜合印象，各用一個形容詞來描述。其後陸機的〈文賦〉、劉勰《文心雕龍・體性》的八體、一直到唐代司空圖《詩品》的二十四品，基本上都沒有脫離這個模式。

司空圖所列舉的二十四種風格中，「自然」、「飄逸」、「豪放」、「典雅」還比較容易理解，「沖淡」、「流動」、「精神」、「形容」就比較難把握了。因為抽象層次愈高❸的形容詞，各人的理解必然會有相當的誤差，也就是「我所謂的『流動』和你所謂的『流動』未必完全吻合」，不像「桌子」、「汽車」這些概念所指內容不會有個人差異。因此，綜合性的、印象性的風格描述，能傳達的訊息量其實是相當有限的❹。

以印象式的方法研究文學，在一個語言學者的觀念裡，會感到不夠精確。凡是遇到不易具體描繪的性質，便用一個「氣」字，或「清／濁」、「陰／陽」等對立的形容詞加以籠統的涵蓋。所謂「文以氣為主、氣之清濁有體，不可力強而致」；所謂「徐幹時有齊氣」、「公幹有逸氣」、「孔融體氣高妙」，皆是此類。論及個人風格時，所謂「應瑒和而不壯，劉楨壯而不密」、劉勰所謂的「阮籍俶儻、班固雅懿、劉楨氣褊、嵇康俊俠」，如果不熟讀他們的作品，恐怕是無法體會的。從宋人的詩話到清代的文學理論都脫不了這個格局。談「神韻」每個人的理解不同，於是翁方綱只好說：「神韻徹上徹下，無所不該。其謂羚羊挂角，無跡可求，其謂鏡花水月，空中之象，亦即此神韻之正旨也。」宣布了傳統風格研究終必走上「鏡花水月」、「空中之象」的地步，成為各說各話，誰都摸不著頭腦。

近世語言風格學的興起，正是針對這樣的現象，企圖把文學說出個所以然來。語言學者運用其豐富的語言分析經驗，以及精確、客觀的分析技術，把探索領域由自然語言轉到文學語言上來。

人類所有的文化現象都是一個符號系統，文學當然也不例外。向來的文學批評、文藝理論、作品賞析、多半從文學思考的角度入手，探索作品的情節、內容、情感、象徵、人物塑造、言外之意、絃外之音、詩的意象、寫作背景、作者生平等等。這是文學符號的「所指」一面，至於「能指」一面，只能觸及詩文格律，用韻、以及修辭學裡所談的部分問題。因為作品是藉語言形式呈現的，如果對語言的本質與結構沒有充分的了解，就很難著手探索這一部分。語言學者正好可以擔負起這一部分責任，參與文學「能指」的研究❺。

完整的文學研究應該是兩面兼顧的。只站在一個方向看問題，絕不能看到全貌，正如我們從地球看月球一樣，永遠有一半是在視線之外的。文學語言本身的研究，是過去所忽略的一環，語言風格學正可以彌補起來。

三、價值判斷與語言分析

文學和語言學在觀念上最大的歧異，是前者重「價值」、後者重「分析」。文學家以其日常治學的角度來看語言分析，往往會產生疑惑，懷疑作品一旦作了語言分析，正如拆散了七寶樓台、玲瓏寶塔、將置「美感」於何地？懷疑你怎樣透過分析去品評作品的好壞優劣？這些疑惑完全是從一個思考面去看問題的結果。也就是以為捨棄「價值」判斷，就沒有什麼可做的了。在文學家的觀念裡，作品材料的分析是機械而刻板的，會使「美感」完全喪失掉。因此，認為這個途徑是沒有意義的。這就是長久以來，文學家和語言學家思考方式上的分歧所在。文學家所關心的，是作品的「價值」問題，語言學家所關心的是「客觀的分析」，事實上，兩者不是不能交會的。作品賞析，固然可以從文字藝術、修辭技巧、篇章結構、布局、前後的呼應諸方面著手——這是傳統文學關注的焦點；除此之外，作為文學作品媒介物——物質基礎的語言，不也是和作品的賞析、作品的認識息息相關嗎？

它應當是對整個作品了解的一部分。黎運漢《漢語風格探索》說❻：

> 文學鑑賞是一種藝術認識。它開始於形象的感知活動，始終離不開形象，但也不能離開理性活動，而僅限於感性認識，只有感性認識和理性活動相結合，才能達到鑑賞的目的。……語言風格學的重要內容之一是研究文學作品的語言，揭示塑造藝術形象的語言規律，描述作家語言風格的獨特風貌，這樣就為文學鑑賞提供了感知活動的鑰匙，和理性認識的依據。

他所謂的「理性認識」正是對作品語言進行客觀的分析。語言風格學總是避免對文學作品下價值判斷，而是「如實地」反映作品語言的面貌。它不品評作品的優，不談「美」的問題，不談「藝術」如何如何，只客觀的描寫作品語言。每個人都有驅遣語言、運用語言的一套方式和習慣，發音的調、措辭的偏好、造句的特色、或有意或無意的，都會表現出個人的風格特徵。受過分析訓練、具有豐富分析經驗的語言學者，對於這些風格特徵，具有敏感的辨識能力、能具體的說出某某作家或某某作品的文學語言「是怎樣的？」如何「構造」起來的？結構規律如何？造語遣詞的特點在哪裡❼？至於作品的好壞，並不是語言風格學想要知道。一般人認為「不好」的作品一樣有其語言風格，同樣可以進行語言風格分析。

一棟建築，我們可以用「美輪美奐」來描述你的綜合印象，或者說它「雄偉壯麗」、「寬敞舒適」、具有「後現代主義風格」等等，這固然有助於人們對這棟建築的了解和認識；另一方面，你也可以談談它的建築材料是預力混凝土，它的房間有二十三個，全高有一二〇英呎，窗子採用多少規格的鋁窗？地基深度多少？用哪一種打樁方式？這也有助於人們了解這棟建築。「文學」正是這棟建築，它一樣可以有兩個迥然不同的觀察視點，一樣可以提供我們對這篇作品了解上所需的訊息。

四、文學語言和自然語言

「自然語言」指我們平常所說的話，它是約定俗成的社會現象。自十九世紀末葉以來，語言學是發展快速，到了二十世紀初，索緒爾開啟了結構主義的新觀念，重視共時的語言研究，於是，語言學成為第一個走上科學化、系統化的人文學科。語言結構的觀念幾乎影響到所有的人文學科，例如文化學、人類學、社會學、心理學、民俗、神話、文學、詩學……等等。一九五七年喬姆斯基又開了「變換律語言學」的新時代，他提出的「深層結構」、「表層結構」分析法更為一切人文學科吸收、模仿。著名的心理學家皮亞傑（Jean Piaget）一九六六年在國際心理學大會上說[8]：

> 語言學無論就其理論結構，還是就其精確性而言，都是社會科學中與其他各種學科關係十分密切的最先進學科。

美國語言學家格林柏（J. H. Greenberg）在其〈語言學是一門領先的科學〉一文中指出，語言學在各個時期都被當做其他科學，尤其社會科學的典範[9]。因而 "Linguistics as a Pilot Science" 成了一句經常被引用的名言。

被奉為「結構主義之父」的李維史陀曾說：

> 語言學是社會科學中成就最大的一門科學，語言學中結構主義的興起，對人文學科的意義不下於牛頓定律對物理學的影響。……現在，在哲學、邏輯學、文學、美學、音樂、歷史學、民俗學，甚至建築學、精神病學、數學中都有結構主義的思潮，並都在不斷發展，儘管在語言學中，結構主義已不太時興。[10]

　　霍克思《結構主義與符號學》一書也指出，今日許多結構主義的概念，最先是在語言學中發展成熟的❶。語言學的嚴密分析、歸納、演繹的方法及處理材料的科學手段和技術，一直為其他學科的學者所仿效，李維史陀在人類學的成就、雅克慎研究詩學的方法，完全得力於語言學。

　　一百年來，語言學的高度發達和巨大影響力，是和學者對自然語言的分析能力息息相關的。今日語言風格學的興起是把這些累積的豐富分析經驗，由自然語言轉移到文學語言的結果。

　　什麼是「文學語言」？文學語言能適用從自然語言得來的分析方法嗎？有人強調「詩的語言」具有截然獨立的體系，是詩人心靈的創造物。事實上，即使是變形度最大的詩的語言，仍然從屬於自然語言，受自然語言規律的支配，更不用說其他形式的文學語言了。文學家造語言，只不過放寬了某些自然語言的規律，並不曾否定那套規律，因此，使得文學語言有新穎感、有創造性，但不至於無法意會。我們還能捕捉「詩的意象」，表示賴以傳達的語言，在作者與讀者間仍有共通性，這個共通性就是大家共守的語言規範。余光中在《逍遙遊》這本散文集的後記指出：

　　　　我嘗試把中國的文字壓縮、搥扁、拉長、磨利，把它拆開又併攏、摺來又疊去，為了試驗它的速度、密度、和彈性。

　　這裡充分說明了文學語言往往是經過作者的刻意經營，經過扭曲、變形，但是其程度不是無限的，語言的基本規律必然會保存下來。例如洛夫〈初生之黑──石室之死亡〉：

　　　　你遂閉目雕刻自己的沉默

　　我們一眼可以看得出來，這是一個詩句，不用於自然語言中。平

常的說話，我們可以說：「雕刻自己的圖章（或石像，或塑像，或佛像……等）」，跟在動詞「雕刻」之後的賓語總具有【＋名詞】、【＋具體】的性質。現在洛夫把賓語改成了「沉默」，性質放寬為【＋名詞】、【－具體】，調整了自然語言的部分規則，成為詩的語言。但是，沒有一位詩人會把句子寫成：

自雕刻己沉的默

因為這已完全打破了自然語言的組織格局，成為全然不可意會的一堆字，再也稱不上是個「句子」。

又如杜甫〈秋興〉：

香稻啄餘鸚鵡粒

這個句子是由「鸚鵡啄稻粒」變來的。杜甫如何為這句話進行加工呢？首先，他在「啄」後加上補語「餘」，在「稻粒」前加上定語「香」。然後，再經過兩次移位變形：把「啄餘」後移至「香稻」之後，把「鸚鵡」後移至「啄餘」之後，是形成了「詩的語言」中的「走樣句」——香稻啄餘鸚鵡粒❷。

因此，我們可以把自然語言和文學語言的關係以下圖表示：

由此可知，詩的語言仍是自然語言的延伸與規律放寬，並不是完全獨立，重新塑造的新語言。它可以說是自然語言的一個「方言變體」。所以發展了一百年的有關自然語言的知識和分析技術，完全可以應用到文學語言上，對文學語言進行細緻的描寫，把詩人如何壓

縮、搥扁及改造語言的規律找出來。每個文學家、每個詩人造語言、驅遣語言的方式不盡相同，這就是個人風格之所在，語言學者正是由此而具體的說出作品的語言風格。

五、修辭學、聲情論和語言風格學有什麼不同？

語言風格學與修辭學不同，修辭學所談的是如何使文章流利生動，以提高其傳達性，目的在求「美」。語言風格所談的是某人的作品語言「是怎樣的？」並不計較流利生動與否的問題，目的在求「真」。

陳望道《修辭學發凡》說❸：

> 修辭不過是調整語辭，使達意傳情能夠適切的一種努力。

張靜《新編現代漢語》下冊說❹：

> 為了提高語言的表達效果，對語言進行加工、修飾和調整，就叫修辭。

北師大中文系《漢語講義》說❺：

> 修辭就是如何調整和修飾語言，把話和文章說得或者寫得更正確、明白、生動、有力的方法。

黎運漢、張維耿《現代漢語修辭學》說❻：

> 修辭學就是研究如何根據具體語言環境和表達思想內容的需要，去選取恰當的語言形式，以提高表達效果的科學。

程祥徽、田小琳《現代漢語》說❶：

> 修辭學研究語言要素卻是抱著一個特殊的目的，那就是研究語言
> 要素的表現力……修辭學研究這個詞，則是鑑別它在一個句子裡
> 能不能最恰當地表達說話人的意思，能不能最充分地體現說話人
> 的感情。

楊樹達《中國修辭學‧自序》說❶：

> 若夫修辭之事，乃欲冀文辭之美，與治文法惟求達者殊科。

戴磊《漢語修辭學研究的對象和範圍》說❶：

> 要求達意的明白，和語言本身的規範化，可以稱之為「規範修
> 辭」。形象、生動和由語言本身的美化，這可以稱之為「藝術修
> 辭」。

黃慶萱《修辭學》說❷：

> 修辭學是研究如何調整語文表意的方法，設計語文優美的形式，
> 使精確而生動地表出說者或作者的意象，並能引起讀者之共鳴的
> 一種藝術。

姚殿芳、潘兆明《實用漢語修辭》說㉑：

> 修辭學就是研究提高語言表達效果的方法和技巧的一門學科。

金天俊《實用漢語語法與修辭》說㉒：

所謂修辭，就是為了更好地表現思想情感，充分發揮語言的交際作用，根據題旨、情感，選擇最恰當的語言形式，來加強表達效果的語言活動。按廣義來說，它是指對文章的遣詞造句的斟酌和推敲，凡是加強語言表現力，提高語言表達效果的手段，都屬於修辭的範圍。按狹義來講，它是指使語言表達具體、形象、生動、優美的一些具體方法。

　　上述各家對「修辭學」的定義雖不盡相同，但是都一致的指明修辭學在「達意傳情」，強調「表達效果」，使文章「生動、有力」，「冀文辭之美」，目的在求「設計語文優美的形式」，是「一種藝術」。這些，都是語言風格學所不論的。語言風格學的工作在「如實地」描繪作品的形式特徵，運用的是語言分析的技術，無關乎價值評斷和「優美、生動」與否。對於語言材料的客觀分析，在文學家眼中，甚至是破壞了「美」。

　　如果我們拿一艘古代歐洲的大帆船為例，要使這艘船航行得又快又穩，那麼，我們應如何打造船身？如何樹立桅桿？如何調整帆片？如何裝載貨物？如何操控駕駛？大帆船是文章，這些就是修辭學。除此之外，我們對這艘船要描述它、認識它，我們會怎麼做呢？一方面我們可以把綜合的印象形容出來，說它「是一艘華麗、漂亮的大帆船」、「在大洋中航行姿態優雅平穩」、「它在海戰中建立輝煌的功業」、「它代表著大英帝國的光榮」。這是傳統的風格論所著眼之處。另一方面，為了更具體的描述和認識這艘船，我們也可以針對它的組成材料進行分析：看看船身是用什麼樹木如何加工造成的？桅桿的高度有多少公尺？直徑有多粗？帆布的材料是什麼？共使用多少帆片？如何排列？這些正是語言風格學所關注的。這樣的分析看來似乎把一艘「優雅的」帆船拆成了「枯燥的」片段，美感無所附麗。但是，對於我們全面的認識這艘船不也是很重要的一環嗎？它使我們知道這艘船具體的特點在哪裡？屬於哪一類型的船？和同類型的其他船

有什麼不同？這艘船的一切屬性，不論是「快速平穩」、「華麗漂亮」，不都是建築在這樣的物質基礎（語言材料）上嗎？

　　語言風格學和作品的「聲情」研究也不是一回事。聲情論是把某種音韻形式對應於某種情感的研究。例如王易《詞曲史》說[23]：

> 與文情關係至切：平韻和暢，上去韻纏綿，入韻迫切，此四聲之別也。東董寬洪，江講爽朗，支紙縝密，魚語幽咽……此韻部之別也。

黃永武先生《中國詩學·鑑賞篇》說[24]：

> 聲與情的諧合，比聲與聲的諧合，更抽象，更微妙……句型長短可以產生不同的情調，而不同的情調適宜選擇不同的句型，……體裁方面，古詩、律詩、絕句、樂府，也各有適宜抒寫的情趣。……至於韻腳的選擇，與題內的情事氣氛也須配合。

張夢機《詞律探原》說[25]：

> 倚聲填詞，必聲情相資，互無齟齬，始成佳製。

　　這種現象，也有人稱之為「隨情押韻」。其理論主要建築在聲音能喚起特定的情緒反應。因此，許多文學家努力的尋找語音和情感類型的對應關係。然而，這個途徑有很大的局限性。什麼聲音表達什麼情感，只是一個大略的傾向，其間有很大的主觀音感的差異。它們的關聯不是必然的。因此，沒有充分的說服力，便不能過度的運用。例如程抱一〈四行的內心世界〉分析李白〈玉階怨〉詩：

> 每一詩句裡都有以〔1-〕音為起首，……此〔1-〕音第一次出

現是第一句中的「露」字，立刻，一種「涼」的感覺，一種「零落」的情調，一種「亮」的影像，和這個音結合起來了。❷⑥

〔1-〕的發音為什麼會跟「涼」、「零落」發生情感上的聯繫？為什麼不是和快「樂」、福「祿」、興「隆」、明「朗」發生聯繫？「涼」和「亮」給人的感覺似乎正好相反，為什麼又能連在一起？這裡完全找不出一個客觀的依據。

王易以「江講」之韻歸之「爽朗」，〔-ang〕類韻母開口度極大，嘴形開放，看來似有高昂開朗的態勢，所以東坡〈赤壁賦〉在「飲酒樂甚」時，以「漿、光、方」為韻高歌；然而，同樣是東坡的〈江城子〉詞記夢：「十年生死兩茫茫……無處話淒涼……相顧無言，惟有淚千行」，以「茫、涼、行」為韻，卻表現了悲戚之情。歐陽修〈秋聲賦〉：「商，傷也，物既老而悲傷」也非「爽朗」之情。表現了「聲」與「情」的不確定性。這是每個人對聲音的感受不同所致。當然，由聲情探索，也有妥切合宜的，例如許詩英先生分析王粲〈登樓賦〉的用韻❷⑦、分析〈木蘭辭〉的用韻❷⑧、陳伯元先生分析東坡詩的用韻❷⑨，都是成功的範例。拙著《詩經語言的音韻風格》也曾由此著手探討〈蓼莪〉的發音與情感的聯繫❸⓪：

> 全詩的音韻由首二章的以陰韻為基調，轉而成為第五、六章的以入聲為基調，顯示了全詩的情感，由和緩的傷感，轉而為激烈的悲痛。文學作品的形式往往是和內容密切配合著的，因此我們從事作品的賞析也不能忽略語言風格和內容情境的關聯性。

聲情的分析是語言風格學裡偶爾運用的次要部分，不是語言風格學的主要工作，運用時尤其要證據確鑿，不能牽強比附，隨意的把某種語音和某種情感等同起來。因為語言學的基本精神就在於客觀性，有一分證據才能說一分話。

此外，我們談聲情問題時，不可和訓詁學討論語根、同源詞混為一談。往往論聲情者看到訓詁學中有「聲義同源」、「音近義通」、「凡從某聲多有某義」諸條例，未加思索就引王力、劉師培等學者論語根之資料以證己說，這是不合適的。聲情是就主觀的音感而言，是一種聲音的聯想，喚起的是情緒，而不是語言學上的詞義。「語根」是語言學上原始音、義關係的探索，二者截然不同。

六、語言風格學和文藝風格學

「風格」一詞是文學上常用的一個術語，而且有著相當長久的歷史。語言風格學也是研究風格問題，但是觀念和方法跟傳統風格的概念頗有不同，因此有必要在名稱上作一區分。我們把傳統的風格研究稱為「文藝風格學」。凡是以文學的方法研究，涉及作品內容、思想、情感、象徵、意象、藝術性的，稱為「文藝風格學」。凡是用語言學的方法研究，涉及作品形式、音韻、詞彙、句法的，為「語言風格學」。

程祥徽《語言風格初探》說❸：

> 傳統的文體風格論與現代的語言風格學的最大區別是：文體風格論者將自己對各種不同文體的印象用形容性詞語描繪出來，即所謂雅、理、實、麗、綺靡、瀏亮、纏綿……語言風格學卻是要研究言語氣氛所賴以體現的語言材料——語音、詞彙、語法格式……這就可以避免依個人主觀感受給風格下斷語，將風格的探討建立在有形可見的語言材料上。

他把傳統的風格研究稱為「文體風格論」，因為舊日風格學常和文體研究混而不分。

黎運漢把「語言風格」和「文學風格」區分開來❸：

語言風格與文學風格是兩個不同的概念。前者屬於語言學，後者屬於文藝學。……「語言風格」是人們運用語言的各種特點的綜合表現……語言風格表現的領域要比文學風格表現的領域寬廣，它既包括文學作品的語言風格，也包括非文學作品的語言風格。「文學風格」是文學作品思想內容和藝術形式上的各種特點的綜合表現。是作家的思想修養、審美意識、藝術情趣、文藝素養等構成的藝術個性，在文學作品中的凝聚反映。

他所說的「文學風格」即本文所說的「文藝風格學」。所重視的是概括的印象，綜合的評價，多用高度抽象的形容語，這是文藝風格學的特徵。「優美」、「詰屈聱牙」、「婉約」、「豪放」……這樣的風格分類終究有限，你可以分八類、二十四類、甚至更多，終有窮盡。語言分析卻是無限的，語言風格分析可以為這些分類作註腳，卻不依附這些分類而存在。作品有多少樣貌，它就能「如實地」反映多少樣貌。尤其是個人風格，每個人驅遣語言、運用語言的習慣不同，每個文學家、詩人，都會對語言材料進行不同程度的改造或扭曲，以表現自我的創造力。因此，透過語言分析，自可描寫出無限的風格類別，指出個人風格特點，甚至同一作家，不同時期的風格轉變。同樣被文學家視為「豪放」的作家，語言的運用盡可不同，其中細微的差異，以綜合印象式的「文藝風格學」是難以捕捉，更無法加以精確描述的。

一般認為「美」的作品，「順口」、「富於韻律感」的作品，透過語言分析，可以具體的說出所以產生「美」的因素，但解釋「美」並非語言風格學的目的，語言風格學只是「如實地」呈現作品的真象。美的作品、不美的作品，一樣都有風格，一樣都可以從事風格分析。「美不美」、「好不好」是文學家的事，是文藝風格的事❸。

文學家也處理語言問題，像詩詞格律就是，但多半談的是文學語言的格式和規範，仍不脫文體論的範疇。對個人的語言特點較為忽

略。語言問題還是得由語言學者處理，才有可能進行深入細緻的語言風格描寫，具體道出個人風格的特色。

七、語言風格的研究方法

《文心雕龍・情采》認為立文之道有三：形文（詞藻修飾）、聲文（音律調諧）、情文（內容情感）。前兩者是語言風格學之所長，情文則應歸之於文藝風格學。用現代觀念看「形文」還可分為兩途，一是詞藻，一是句法。因此，現代的語言風格學包含了三個方面：音韻、詞彙、句法。

音韻風格又可以透過許多途徑進行探討：「韻」的音響效果、平仄聲調的交錯、頭韻的運用、雙聲疊韻的安插、音節的解析等。詞彙風格的研究法包括：擬聲詞的應用、重疊詞的應用、方言俗語的應用、典雅語或古語詞彙的應用、外來詞的應用、詞彙結構狀況、虛詞的狀況、詞彙的情感色彩、新詞的創造力、詞類活用狀況、熟語的應用、共存限制的放寬等。句法風格包括：造句類型的狀況、句子擴展的狀況、歐化句法的狀況、句子省略的狀況、文言或白話句式、句法的偶化狀況、韻散使用的狀況、對話的安插狀況、詩歌重沓反覆的形式、走樣句的狀況、對偶句的假平行等。

著手的方式又可以分語言描寫法、比較法、統計法三途。語言描寫法是把作品組成的材料——語音、詞彙、語法進行分析描寫，看看語音是由哪些音素建構起來？篇章中的音韻搭配規律如何？用詞偏向如何？造句習慣如何？走樣變形的程度如何？和自然語言的差異有多大？這個方法就像語言學者對一個陌生的語言進行調查描寫一樣，只不過對象由自然語言換成文學語言罷了。

比較法是透過兩篇作品的比較，或兩位作家的比較，而突顯其間的語言風格特徵。許多事物都是在相互對比中，才能看出它們的同與異。黎運漢《漢語風格探索》❸說：

> 通過客觀事物互相對立方面的比較，可以深入一步認識事物的不同本質和特徵。……風格特徵的把握，在一定程度上、運用比較的方法會更加準確。……語言風格研究中運用比較法，既要善於從同類或相似的現象比較中，看到異中之同，更要善於找出同中之異。

　　黎氏又列舉兩篇同以日本櫻花為題材的作品片段相比較，見出其語言風格迥然不同。

　　比較的作品可以是傳統文學家認為風格不同的，也可以是風格相同的。因此，李白的詩可以和杜甫比較，李商隱可以和李賀比較，詩經可以和楚辭比較，九歌可以和離騷比較，風可以和頌比較。

　　比較的作品可以是同時代的，也可以是不同時代的。因此，南朝和北朝的樂府民謠可以比較，韓愈、柳宗元的散文可以比較，關漢卿和馬致遠可以比較，明代的金瓶梅可以和清代的紅樓夢比較，唐詩可以和宋詩比較，北宋的東坡詞可以和南宋的辛棄疾比較。

　　同一文體，描寫同一內容的作品也可以作語言風格的比較。例如用白話文同樣寫英國康橋、寫我國的青島，或同樣描寫梅花、寫鸚鵡、寫南丁格爾、寫中山先生、寫抗日戰爭、寫電影院前等等都可以作語言風格的比較。

　　統計法是提出精確的數據，來說明某個風格現象。這種方法受到數理語言學興起的影響很大。早在十九世紀中葉，俄國數學家布利亞可夫斯基就提出，可以用概率論來對語法、語源及語言史進行比較研究❸。近幾十年，數理語言學更發展成三大部門：統計語言學、代數語言學、計算機語言學。其中統計語言學又稱計量語言學，至今又發展出詞彙統計學、風格統計學、語言結構統計、語言年代學等領域。不但運用電腦對自然語言和漢字進行各種統計分析，也運用到風格研究上，藉以從作品的語言形式之數量比例說明作家的風格特徵。這方面陳光磊曾提出〈關於發展漢語統計風格學的獻議〉一文❸，作了深

入的討論。

秦秀白曾對英國文學家 D. H. Lawrence 的短篇小說《菊馨》作風格分析❸，即運用了統計法。他發現 Lawrence 用了較多的簡句。首段二十句中，簡句占十四句，占 70%；複合句兩個，占 10%；並列句一個，占 5%，可看出其文筆的簡鍊性。從句子長度看，平均為 19.5 個詞。與 Henry James 比，Lawrence 較擅長於短句的表達。

沈益洪提到《詩經》的虛詞風格，統計「兮」字（一般認為是楚辭的特徵）出現在五十九篇中，共出現三百二十一次。又統計用詞率以見體裁風格：「的」在政論體中，使用頻率最高，占 5.3%，而新聞體和文藝體，「了」的頻率居第三。整個漢語詞彙使用頻率的統計，依次是：的、了、一、是、不、我……，而《駱駝祥子》的順序是：的、地、不、了、一、是……❸。

蔣文野探討《紅樓夢》詞彙「一起」的用法，統計前八十回作定語十五次，作狀語〇次，後四十回作定語七次，作狀語二次。說明了它們之間風格上的差異❸。柯昌文對《紅樓夢》詞彙「得」、「不得」用法統計，前八十回共出現一百八十二條，八百三十八次❹，說明其能產量是很大的。

有人認為莎士比亞（1564～1616）出身小市民，受教育不多，其作品實出自培根（1561～1626）。於是學者由語言風格上作統計。從莎翁作品中選出五〇〇二句，從培根作品中選出二〇四一句，分別從句子長度、主謂關係、簡句比率作統計，發現兩者的語言特點不同，不可能出自一人之手❹。

統計法最大的優點是使我們的研究方法從定性走向定量，具體的描繪了語言特色。但是，我們還應注意兩點：第一，統計法應用時一定有個清楚的目的，顯示一些我們想要知道的事情，妥善的用於需要之處，不可為統計而統計，形成無目標的濫用；第二，要從結構中看問題，儘量避免打散了作計算。例如音韻上統計全篇共用了多少〔1一〕聲母的字，意義不大，應當看一個句子單位裡，用了多少〔1一〕母

字，因為在一個緊密的結構單位裡，它才能造成頭韻的效果。同時，我們還應觀察這句中的〔1-〕母字是怎樣搭配起來的？是連續出現？還是間隔出現？由此，可以找出其韻律模型。如果打散來統計，就看不出作者結構的心思，驅策語言的特色了。沈益洪說❷：

> 風格學的研究統計方法，只能是借助，而不是依賴，因為作品是個有機的整體，它內部從詞語到段落、篇章都具有極為複雜的語義相關性，統計的方法只見樹木，不見森林，一味依賴，是機械主義的。當然，這種研究畢竟還能見樹木，它較之於以往只說對森林的主觀印象，而下斷言的古典文論，不能不說是一條另闢的蹊徑。

我們如果談統計，也注意結構的話，既可以見樹木，也可以見森林。

語言風格學的研究步驟，分為三方面：分析、描寫、詮釋。分析是把一個語言片段進行解析，這需要具備語言分析的技術和訓練才有可能做到；其次是描寫，就是把語言片段各成分之間的搭配規律說出來；最後是詮釋，就是把「為什麼是這樣」的所以然說出來，例如為什麼會有這樣的統計結果？為什麼運用這樣的音響方式？一個經驗豐富的語言風格學者，具有十分敏感的觀察力，可以看到一般人未注意到的言語特點，正如「庖丁解牛」，面對一篇作品時，他眼中所看到的已非「全牛」，而是一塊塊的語言片段，有機地組合起來。

【註釋】

❶所謂「非文學語言」包括公文、書信、法律體、新聞體、政論體、廣告體、科技報告、學術論等。

❷「地域風格」指由於鄉土環境的不同，而使語言或作品帶有地方色

彩。例如老舍戲劇的北京方言色彩、趙樹理小說的山西方言色彩，以及部分台灣作家的閩南語成分，都是地域風格。

❸語意學家早川在《語言與人生》一書中，特別強調了「抽象階梯」的概念，主張有效的語言應用，應能在抽象階梯的上下層來往自如，能以底層語言描述的，尤忌以上層抽象語言表達。

❹筆者曾作一實驗：請兩位專攻唐詩之研究生，把司空圖《詩品》中較易掌握的十種風格，各在唐詩中選一實例。二人商議定後，再打亂「風格」與詩例間之聯繫，交由另一組同學連連看，結果發現沒有兩人所連完全相同，和先前所議定的關聯也無一完全相同。

❺見竺家寧《詩經語言的音韻風格》第2頁，第十一屆全國聲韻學研討會論文，82年4月，中正大學。

❻見黎運漢《漢語風格探索》第25頁，商務印書館，北京，1990年。

❼見〈《詩經‧魯頌‧駉》的韻律風格〉一文，竺家寧撰，發表於「詩經國際學術研討會」，1983年，石家莊。

❽見伍鐵平〈論語言和語言學的重要性〉，紀念王力先生九十誕辰語言學研討會論文，北京大學，1990年。

❾見衛志強《當代跨學科語言學》第8頁，北京語言學院出版社，1992年。

❿見上書第9頁。

⓫見Terence Hawkes《結構主義與符號學》第10頁，南方叢書出版社，1988年。

⓬所謂「走樣句」是譯自西方語言風格學（Stylistics）的術語：Deviant Sentense，指經過詩人刻意扭曲以後的句子，雖不合於自然語言，卻還能找出其變換的痕跡，仍可以經過復原和理解的句子。

⓭見陳望道《修辭學發凡》第5頁，文史哲出版社，1989年再版，台北。

⓮見張靜《新編現代漢語》下冊，上海教育出版社，1980年。

⓯見北京師範大學中文系《漢語講義》，高等教育出版社，1985年。

❶ 見黎運漢、張維耿《現代漢語修辭學》第 3 頁，書林出版公司，1991 年，台北。

❷ 見程祥徽、田小琳《現代漢語》第 274 頁，書林出版公司，1992 年，台北。

❸ 見楊樹達《中國修辭學‧自序》，世界書局，1969 年，台北。

❹ 見戴磊〈漢語修辭學研究的對象和範圍〉，收錄《修辭學研究》第一輯 96 頁，華東師大出版社，1983 年。

❺ 見黃慶萱《修辭學》第 9 頁，三民書局，1975 年。

❻ 見姚殿芳、潘兆明《實用漢語修辭》，第 2 頁，北京大學出版社，1987 年。

❼ 見金天俊《實用漢語語法與修辭》，第 203 頁，中南工業大學出版社，湖南，1988 年。

❽ 見王易《詞曲史‧構律第六‧㈡韻協》，廣文書局。

❾ 見黃永武《中國詩學‧鑑賞篇》，巨流圖書公司，1976 年，台北。

❿ 見張夢機《詞律探原》，文史哲出版社，1981 年，台北。

⓫ 程抱一〈四行的內心世界〉，《中外文學》二卷八期。

⓬ 許詩英先生分析〈登樓賦〉的文章是〈登樓賦句法研究兼論其用韻〉、〈談談登樓賦句中的平仄規律跟朗誦節奏〉，見《許詩瑛先生論文集》㈡第 917～962 頁，弘道文化公司出版，1974 年，台北。

⓭ 見上書第一集，第 562～568 頁。

⓮ 見陳伯元先生〈從蘇東坡的小學造詣看他在詩學上的表現〉，《古典文學》第七集上，學生書局。1985 年，台北。

⓯ 見竺家寧《詩經語言的音韻風格》，第十一屆全國聲韻學研討會論文，1993 年，國立中正大學，嘉義。

⓰ 見程祥徽《語言風格初探》第 19～20 頁，書林出版公司，1991 年，台北。

⓱ 見黎運漢《漢語風格探索》第 5～6 頁，商務印書館，1990 年，北京。

⓲ 迺遙〈文體與風格〉說：「文藝學把『風格』和『美』結合，使風格

範疇與美學範疇相牽連。我們研究語言風格時，應擺脫牽連。語言風格與語言所表現的思想內容的美醜是沒有關係的」。（《中國語文》，1961年5月。）

❸❹ 見同 ❸❷，第27～28頁。

❸❺ 見衛志強《當代跨學科語言學》，第 223 頁，北京語言學院出版，1992年。

❸❻ 見《修辭學發凡與中國修辭學》，復旦大學出版，1983年。

❸❼ 見秦秀白《文體學概論》第276頁，湖南教育出版社，1986年。

❸❽ 見沈益洪〈語言風格與心理頻率說〉，《上海大學學報》社科版，1991年。

❸❾ 見蔣文野〈紅樓夢中「一起」的詞義考察〉，《延邊大學學報》，1988年第一期。

❹⓿ 見柯昌文〈紅樓夢裡「得」與「不得」研究〉，《紅樓夢研究集刊》第11輯。

❹❶ 見唐松波《語體‧修辭‧風格》第54頁，吉林教育出版社，1988年。

❹❷ 同 ❸❽。

第1章　語言風格學之觀念與方法

2

語言風格學與傳統文學批評

一、傳統文學批評的弱點

　　從曹丕的〈典論〉開始，學者對文字作品風格的描述往往傾向用抽象度很高的形容詞。曹丕論四類文體的風格是：「奏議宜雅，書論宜理，銘誄尚實，詩賦欲麗」，說到很不容易具體描繪的性質時，便用一個「氣」字，或「清、濁」籠統的涵蓋，來表示模糊的對立概念。例如「文以氣為主，氣之清濁有體，不可力強而致，」又說「徐幹時有齊氣」、「公幹有逸氣」、「孔融體氣高妙」。似乎一切說不出所以然的神祕概念，統統可以丟給一個「氣」字，或依賴「清、濁」兩詞。古人講哲學如此、談武術、論音韻、治醫學莫不如此。「氣」和「清、濁」在舊日的觀念中，成了「無法言道」的代名詞。〈典論〉論述作家的個人風格，說「應瑒和而不壯、劉楨壯而不密」，其中的到底是個怎樣的狀態？什麼樣的文章才叫作「和、壯、密」？我們也只能作主觀的體會或猜測而已。因為「和、壯、密」這三個語言符號不但抽象度很高，它們的所指詞義也是多樣的。

　　到了陸機的〈文賦〉，仍然是用同樣的方法來描述各類文體的風

格。他說：

詩緣情而綺靡　　　賦體物而瀏亮
碑批文以相質　　　誄纏綿而悽愴
銘博約而溫潤　　　箴頓挫而清壯
頌優游以彬蔚　　　論精微而朗暢
奏平徹而閑雅　　　說煒燁而譎誑

　　怎樣的文章是「瀏亮」？是「精微」？是「譎誑」？恐怕每個人的體會都不一樣。劉勰《文心雕龍‧體性》提出文章的風格有「八體」：

典雅　　　遠奧　　　精約　　　顯附
繁縟　　　壯麗　　　新奇　　　輕靡

　　劉勰又為每一種風格定出八個字的定義，一樣是堆砌抽象度很高的形容詞，使人仍有天馬行空之感。至於針對十二位作家進行風格描寫，劉勰用的仍是這個老辦法：

賈誼俊發　　　司馬相如傲誕　　　揚雄沉寂
劉向簡易　　　班固雅懿　　　　　張衡淹通
王粲躁銳　　　劉楨氣褊　　　　　阮籍俶儻
嵇康俊俠　　　潘岳輕敏　　　　　陸機矜重

　　為了作這樣的描繪，他造了一些新詞，如「躁銳」、「俊俠」、「俶儻」。個人造詞由於較缺乏社會共識，其傳達性必削弱。至於寫文章如何「沉寂」？怎樣的標準算「簡易」？也是很難捉摸的。
　　這樣的文評風氣成為後日論詩、論文的標準模式。所謂「元輕白

俗、郊寒島瘦」，所謂李賀詩的「穠麗、陰暗」、「淒豔迷離」，杜牧詩的「高華綺麗」，又如：

> 唐初陳子昂讀開「古雅」之源，張子壽（九齡）首創「清淡」之派。盛唐繼起，孟浩然、王維、儲光羲、常建、韋應物本曲江（張九齡家鄉）之清淡而益以「風神」者也。高適、王昌齡、李頎、孟雲卿本子昂之古雅而加以「氣骨」者也。（明胡震亨《唐音癸籤》）

這些仍不離一個調調的文批模式，堆砌抽象的形容詞來描繪不同的作家風格。唐代的司空圖（837～908）《詩品》把文學風格分為二十四品，表面上是愈分愈細緻，實際上卻是愈分愈不具體，愈分愈讓人糊塗，這二十四品的名稱是：

雄渾	沖淡	纖穠	沉著	高古	典雅
洗煉	勁健	綺麗	自然	含蓄	豪放
經神	縝密	疏野	清奇	委曲	實境
悲慨	形容	超詣	飄逸	曠達	流動

要想出這麼多不同的形容詞，的確要花費不少心思，但是對文學作品的風格特性而言，到底能藉著這些形容詞傳達多少訊息？透露多少具體的意蘊內涵？也的確是令人疑惑的。

宋人詩話很多，像歐陽修《六一詩話》、葉夢得《石林詩話》、吳可《藏海詩話》、題陳師道《後山詩話》、題蘇軾《東坡詩話》等等，也都擺脫不了上述的傳統。清代的文評家依舊如此，王夫之（船山）反對「法」與「格」，而論「意」與「勢」，說「意，猶帥也；勢者，意中之神理也。」王士禎（漁洋山人）標舉「神韻」，說「神韻得而風格、才調、法律三者悉舉諸此矣。」翁方綱也論「神韻」，

可是內涵又不盡相同。他說「神韻徹上徹下，無所不該。其謂羚羊挂角，無跡可求，其謂鏡花水月，空中之象，亦此神韻之正者也。」這樣方法的文批，才果真是「鏡花水月」、「空中之象」，令人摸不著頭腦。

　　我們平常要描寫一個人的個性、氣質，與其湊上幾對形容詞來呈現，不如具體的描述這個人平日的一言一行，從這些言行中讓讀者自己去體會他是怎樣的一個人。像蔣士銓（1725～1785）的〈鳴機夜課圖記〉，描寫自己母親的賢慧、聰穎、孝順種種美德，完全如實的記述母親說過的話、做過的事。而讀者閱後自然會感受到賢慧、聰穎、孝順等美德。而「賢慧、聰穎、孝順」這些字眼，蔣士銓卻一詞不提，如果蔣士銓把所有可以想得出來的形容詞堆砌起來，以描寫母親的個性、氣質，那麼，讀者得到的訊息一定不會如此鮮明、深刻、有力。從事文學風格的描寫也是一樣的道理。你是否可以不用一字一詞形容語，只把它用韻、構詞、造句的特色和規律如實的呈現出來？每個人都有他獨特的驅遣語言的風格特色，正如每個人都有不同的個性、氣質一樣。這些不同的語言風格，我們實際上很容易運用我們的語言學知識把它找出來、說出來的。這就是語言風格學要作的事情。

二、語言風格學的定義和內涵

　　對於「風格」一詞的詮釋，歷來不同，即使現代也不一致。葛洪（284～364）《抱朴子‧疾謬》說：「以風格端嚴者為田舍朴騃。」這裡的「風格」指的是「風度威儀」。又《晉書‧庾亮傳》：「風格峻整，動由禮節。」《齊書‧蕭穎冑傳》：「風格俊遠，器宇淵劭。」《世說新語‧德行上》：「李元禮風格秀整，高自標持。」也都指人的外表氣質。用來指文章，由《文心雕龍》始。《文心‧議對》：「仲瑗博古……及陸機斷議……亦各有美風格存焉。」顏之推也用以指文學作品，《顏氏家訓‧文章》說：「古人之文，宏才逸氣，體度

風格，去近實遠。」

　　我們所說的「風格」，一般都是指文學作品而言。同時，我們還要把「風格」作個更嚴格的界定：凡是用文學的方法從事研究，涉及作品內容、思想、情感、象徵、價值判斷、美的問題的，是「文藝風格學」；凡是用語言學的觀念和方法進行研究，涉及作品形式、音韻、詞彙、句法的，是「語言風格學」。

　　邇遙〈文體與風格〉說：

> 風格含義眾說紛紜，但多承認「風格是事物特點的綜合表現」。文藝學把「風格」和「美」結合，使風格範疇與美學範疇相牽連。我們研究語言風格時，應擺脫牽連，語言風格與語言所表現的思想內容的美醜是沒有關係的。（《中國語文》1961 年 5 月）

　　由此可知，語言風格學是客觀的分析和歸納語言符號——作品賴以呈現的憑藉——的學科。它和修辭學（Rhetoric）不同，修辭學講造辭規則和技巧，使語言有效表達，或足以動人。它研究如何使辭藻美麗，如何調整語辭，使之達意傳情，激動讀者情思。因此，它設計了許多修辭格，像譬喻、雙關、設問、鑲嵌、對偶、倒裝……等。所以它的研究目的是求「美」，語言風格學想知道的是某一作家或某一作品所用的語言「是怎樣的」，然後客觀的，如實地把它說出來，因此，它是客觀的、科學的、求「真」的學科。它不對作品作好壞、美醜的價值評斷。

　　風格和體裁（或文體）不同。二者不容混淆。體裁是文體的分類，或語體的分類。曹丕區分文體為四類，劉勰以五經統率二十種文體（《文心·宗經》），陸機〈文賦〉列舉十種不同的文體，《昭明文選》、《古文辭類纂》、《經史百家雜鈔》也都為文體分類。不同的文體（或語體）自然有不同的風格，但風格學所講的還不僅僅是文體風格。風格學的領域還可以包括下面幾種狀況：

從宏觀方面言，有民族風格、時代風格。不同的民族就有不同的語言表現形式，語言內部規律也不一樣，在文字、語言、詞彙、語法上都互不相同。例如英語和漢語比較，英語說「Mary saw me.」漢語說「瑪麗看到了我」，英語用一個詞「saw」表示，漢語用三個音節的詞組「看到了」表示，英語把時態綜合在一個詞裡，漢語則分析獨立於外部（「了」字）。中文「令堂」、「您母親」、「你媽媽」有不同的用法和涵意，英文就沒法區分出來，都只用一個「your mother」表達。中文「鄙人」往往寫得小一點，英文的「I」卻用大寫。這是民族風格的差異。時代風格是指不同的時代，語言會有變遷，產生不同的用語習慣，或在短短數十年之間，語言本身的系統、規律、結構並沒有明顯的變化，但是作為語言背景的社會、政治、文化、經濟發生一些變動，也會在語言風格上發生歧變。例如民國初年的白話文學和一九四九年以後的大陸作品，就顯現著不同的時代風格。

此外，宏觀上還有文體（或語體）風格、地域風格（鄉土風格）。前者如口語體、科技體、法律體、駢文體、律詩體、賦體等等。後者指鄉土環境的不同，而帶有地方色彩的群眾語言，造成風格上的一些特色。例如老舍作品的北京方言、趙樹理作品的山西特色，以及部分台灣作家的閩南語成分，都表現了地域風格。

此外，書面語和口語間風格也不同。男性、女性間的風格不同，不僅在發音和腔調上，也表現在用詞上。大人、小孩間風格不同，學歷不同、行業不同，語言風格也因而有異。

在微觀方面言，主要的是指個人風格的不同。同一句話，口語因語調的細微變化顯現風格，書面語藉字體差異表達風格。有時是不同的寫法，例如：

台灣有兩千萬人。
台灣有二千萬人。
台灣有 2000 萬人。

台灣有 20,000,000 人。

　　個人在不同的情景中，往往也呈現不同的語言風格，例如在辦公室中對上司說話、和同事聊天，面對陌生人和熟朋友，在家中對子女的叮嚀、跟老伴的情話，小孩面對老師、面對父母、面對同學、兄弟相處，都各有一套風格不同的語言。有時，雖然是同一個語言對象，自己情緒不同時，也會表現出不同的語言風格。

　　個人的口語風格，分別最細，可以用聲紋儀做成類似「指紋檔」的東西，那就每個人都不一樣了。這是語言發音上的細微差異，人耳不一定都能辨出，在儀器上則能顯出不同形狀的波紋。

　　語言風格學研究的重點是個人風格，特別是文學作品的個人風格。文體風格不是關注的焦點。

　　現代漢語使用的體裁，可以分為以下數類：

1. 口語體

　　家常口語
　　正式口語

2. 社會實用文體

　　科技體──專業體、普及體
　　事務體──公文體、法律體、外文體
　　宣傳體──政論體、新聞體、廣告體

3. 文藝體

　　散體──小說、話劇、散文
　　詩體──舊詩、新詩、民謠

　　體裁相同，在不同的使用場合，也會呈現不同的風格。例如法律體，用於規章、法令時，較嚴格而重理，用於庭辯時，則較自由而兼

情；外文體用於條約、照會時，較嚴格而重理，用於宴會辭、答記者問時，則較自由而兼情；政論體用於社論、詳述時，較嚴格而重理，用於演說、競選時，則較自由而兼情。

音韻風格的研究方法

首先，我們談談如何從音韻的角度揭開語言韻律的面紗。以下分成幾項討論：

一、「韻」的音響效果

作品的音樂性，呈現的方式很多，最普遍而有效的一種方式，就是「押韻」。每個作家選用的韻，各有不同的偏好，表達不同情感時，也往往考慮到「韻」的音響特性，而作適當的選擇。有人常用「支微韻」，有人喜歡「東鍾韻」，我們可以從作品裡統計歸納各人的傾向。我們可以看看，傳統文評家所謂的「豪放」的作家，在用韻上如何呈現「豪放」的氣勢？他是否傾向於用陽聲韻（以鼻音收尾的字）？他是否常用江陽韻？這類韻的主要元音是開口度最大的〔a〕，韻尾又是容易造成迴盪共鳴的舌根鼻音。因此，這類韻是最高昂響亮的。前人往往拿劉邦的〈大風歌〉和項羽的〈垓下歌〉來對比，前者正是用的江陽一類的韻，是英雄得意的慷慨高歌；後者用陰聲韻，而且用「音短而迫促」的去聲韻腳開頭，造成低沉、傷懷的氣氛。我們也可以看看，傳統文評家所謂的「柔婉」、「纖細」的風格，在用韻

上又是呈現一個怎樣的狀況。

　　同一篇作品裡，情感的轉折變化，也經常會和「韻」的音效特性聯繫起來。王粲〈登樓賦〉的音韻風格正是呈現了這樣特徵。首段他選用〔-ju〕型韻母，表達初登城樓欣賞景物的悠然；中段因思鄉之情而採用閉口沉悶的〔-jem〕型韻母；末段感慨自己的遭遇，情緒轉為悲憤不平，韻就跟著改為〔-jek〕型韻母，這種短促的入聲正傳達了作者內心的焦迫與激動。

二、平仄交錯所造成的語言風格

　　平仄是詩歌利用聲調的變化，造成韻律感的一種方法。平聲是長的調子，不升也不降；仄聲是短的調子，或升或降。近體詩有固定格式的平仄運用，宋詞也要按固定的平仄來填，這是體裁風格。有的作品不需依定格的平仄規律，完全由作者自由設計安排，實際上就是四聲的搭配運用，由平上去入的交錯排比中傳達詩歌的音樂性。這裡就顯示了作家的個人風格，因為每個人的設計表現未必相同。即使定格的平仄詩體，作者也有顯示個人風格的空間，例如所謂「一三五不論」，以及各種格律的變通法則。黃庭堅的律詩，就有很多不合正格，不依規定的平仄造句。所謂「其法於當下平字處以仄字易之，欲其氣挺然不群」，這種「拗律」，正是黃庭堅的語言風格之一。唐詩中也有類似的情況，所謂「拗之中又有律焉」（《見環溪詩話》），我們可以從作品中歸納各人不同的變化方式，描寫出各人的風格。

三、「頭韻」的運用

　　「頭韻」是指利用字音開頭的部分，造出韻律效果的一種手段。古人的詩詞格律沒有為這一部分制訂任何規則，但它可以造成韻律效果是毫無疑問的。無論古典詩詞或現代新詩，都會有意無意地安排出

這樣的效果。作為一位賞析者，這方面的分析和了解是不可缺少的。例子可參考本書第六章「聲韻學知識與文學賞析」。

四、雙聲疊韻構詞造成的語言風格

杜甫詩特別重視寫作技巧，所謂「語不驚人死不休」。晚年更講究格律、辭藻。因此詩句中佈置了雙聲疊韻的效果，成了他晚年的風格之一。例如「戎馬關山北，憑軒涕泗流」中，「關山」、「涕泗」都是疊韻。像這種在上下聯中的相對應位置上，運用雙聲疊韻詞相互呼應的現象，是杜詩的語言風格之一。例如：

1. 舊采黃花賸，新梳白髮微（九日諸人集於林）
2. 支離東北風塵際，漂泊西南天地間（詠懷古跡之一）
3. 庾信生平最蕭瑟，暮年詩賦動江關（同上）
4. 千載琵琶作胡語，分明怨恨曲中論（同上之三）
5. 信宿漁人還汎汎，清秋鷰子故飛飛（秋興之三）
6. 蕭瑟唐虞遠，聯翩楚漢危（偶題）
7. 自胡之反持干戈，天下學士亦奔波（寄柏學士林居）

第一句的「黃花」都是舌根擦音，和下聯都是雙唇塞音的「白髮」相應；第二句的「支離」疊韻，和雙聲的「漂泊」相應，同時「風塵」都收舌根鼻音韻尾，和下聯的雙聲詞「天地」相應；第三句的「蕭瑟」為舌尖擦音，和下聯舌根塞音的「江關」相應；第四句的「千載」是舌尖塞擦音，和下聯唇音的「分明」相應，「琵琶」是雙唇塞音，和下聯牙喉音的「怨恨」相應；第五句的「信宿」是舌尖擦音，和下聯舌尖塞擦音的「清秋」相應；第六句的「蕭瑟」雙聲，和下聯疊韻詞「聯翩」相應；第七句的「干戈」和下聯的「奔波」是k-k 和 p-p 的呼應。

此外，「風飄律呂相和切」（吹笛詩）在意義上是風聲和笛聲相應和，在形式上則是 p-p'和 1-1 兩組雙聲相應和。杜詩的「詩律細」皆應由此途徑理解。

黃庭堅也常用雙聲疊韻詞在詩句兩聯中相呼應，例如「白屋可能無孺子，黃堂不是欠陳蕃」（徐孺子祠堂）中，「白屋」都是收-k的入聲，下聯相應的「黃堂」則屬疊韻詞，以舌根鼻音收尾。又「昨夢黃粱半熟，立談白璧一雙」（次韻公擇舅）中，「黃粱」疊韻，「白璧」則為雙聲。

再如宋代蘇東坡赤壁賦的音韻效果也十分明顯，他描寫吹洞簫的聲音：

> 其聲嗚嗚然，如怨、如慕、如泣、如訴，餘音嫋嫋，不絕如縷，
> 舞幽壑之潛蛟，泣孤舟之嫠婦。

其中安排了一連串的疊韻詞「嗚、如、慕、訴、餘、不、縷、舞、孤、婦」造成了一連串嗚嗚然的音響效果，既反映了哀怨之情，也模擬了洞簫之聲。又和前面的歌聲（用高昂響亮的「槳、光、方」韻）形成對比。這樣，又造成了赤壁賦獨特的語言風格。

《詩經》是上古的民謠，音樂性格外強烈，可惜一般學習者賞析《詩經》常忽略了這一方面，以致無法領略其中的韻律之美。我們由語言風格學的角度，運用上古音的知識，可以彌補此方面的不足。例如〈蓼莪〉篇：「蓼蓼者莪」一句的主要元音是〔o-o-a-a〕，呈現圓、展的交替變化，這是疊韻（廣義而言）的效果；「哀哀父母」一句的聲母是〔喉－喉－唇－唇〕的形式，這是用了雙聲效果，喉音與唇音，一極前一極後，造成音樂上的強烈對比。「飄風發發」、「飄風弗弗」全都是雙聲字（雙唇塞音），既表現了詩歌的韻律性，又模擬了風聲。

五、由音節要素的解析看語言風格

　　有些作品讀起來但覺音節鏗鏘、韻律動人，讀者一般很少能從語言學角度說出個所以然。令人感到優美的因素到底在哪裡？如何進行作品的韻律解析？我們惟有從語音形式上探索，依漢語的音節結構規則從事分析，才能獲得答案。

　　漢語言的音節結構包含了聲母、介音、主要元音、韻尾、聲調五個部分，每個部分的排比交錯，作適當的組合連接，正是韻律美的奧秘所在。因此，我們作語言風格的分析也當由此入手，作精確、客觀的剖析。舉個例說，在繪畫、雕刻、建築上公認最美的四邊形，總是趨向於一個固定的比例，於是我們把這個比例精確、客觀的描述出來，四邊形兩邊的比（長與寬）是 1:1.618，大約就是長為 8，寬為 5 的方形，這就是著名的「黃金分割律」（golden section），這樣的方形就是「黃金四邊形」（golden rectangle）。我們對「美」的語言也不能僅止於感性的、主觀的欣賞，還要能理性的、客觀的說出所以然，把何以美的規律找出來。

　　下面我們取東漢的樂府古詩〈公無渡河〉試作分析。

公無渡河	kuŋ	mjuag	d'ag	ga
公竟渡河	kuŋ	kjaŋ	d'ag	ga
墮河而死	d'ua	ga	njeg	sjed
將奈公何	tsjaŋ	na	kuŋ	ga

　　右邊所注的是上古音。在漢字音節結構中，響度最大的是主要元音，它是語言韻律中的主旋律。我們先分析它在這首詩中的布局規律：

　　u－a－a－a

```
u － a － a － a
a － a － e － e
a － a － u － a
```

　　這首詩的主元音基調顯然是開口度最大的〔a〕。第一、二句是韻律的主題，以一〔u〕三〔a〕的模式呈現，造成圓唇與展唇的對比，也造成高元音與低元音的對比。第三句是主題的開展，原有的對比性消失，而用兩個〔a〕和兩個展唇的中度元音搭配，產生一種均衡性。第四句為主題再現，仍以三〔a〕一〔u〕組成，但次序略作調整，〔u〕由首音節移至第三音節。這樣的韻律組合令我們想起音樂裡的「奏鳴曲型式」（sonata form），這種音樂型式由三部分構成：主題部（exposition）、開展部（development）、主題再現部（recapitulation）。似乎「美」的構成都有共通性，不論表現的媒介是造形、音樂、或語言。

　　我們再由〈公無渡河〉的韻尾類型上分析：

```
-ŋ ——— -g ——— -g ——— -∅
-ŋ ——— -ŋ ——— -g ——— -∅
-∅ ——— -∅ ——— -g ——— -d
-ŋ ——— -t ——— -ŋ ——— -∅
```

　　由此觀之，韻尾的韻律基調是舌根音，而且都是濁的塞音和鼻音。出現的規律性也清晰可辨，第一、二句是連續三個舌根尾，接著一個開尾字。第三句以兩個開尾字搭配兩個濁塞音收尾字，而基調的舌根尾置於第三音節。第四句的舌根尾間隔出現兩次。從全詩的韻尾佈局看，第三音節總是舌根尾。

　　其次，再看看介音類型：

洪 － 細 － 洪 － 洪
洪 － 細 － 洪 － 洪
洪 － 洪 － 細 － 細
細 － 洪 － 洪 － 洪

仍然是一、二句同模式，以三洪一細組成。洪音是基調。第三句改為二洪二細，作均衡的配置。第四句又恢復三洪一細的格局，只是次序稍變，細音移至句首。各句的銜接十分巧妙，上句之末字必與下句之首字同洪細。

至於聲母，也是決定音響效果的重要因素。它的出現規律如下：

k － m － d' － g
k － k － d' － g
d' － g － n － s
ts － n － k － g

這是以舌根聲母為基調的韻律形式。除了「無」是雙唇音外，其餘都是和舌尖音搭配。舌根與舌尖造成發音部位上的前後對比。

在聲調方面，情況如下：

平 － 平 － 去 － 平
平 － 去 － 去 － 平
上 － 平 － 平 － 上
平 － 去 － 平 － 平

基調是平聲，主要和去聲搭配。第一、四句都是三平一去，只是去的位置稍變。第二、三句的平仄正好相對，而且每句都是二平二仄。第三句把平聲的搭配對象改為上聲，與其他各句之配去聲有異，

語言風格與文學韻律

這是求變化的緣故。通常第三句是「開展部」，比較需要作一些變化。

我們再取《詩經・魯頌・駉》首章作一分析。

1. 駉駉牡馬 （耕見平，耕見平，幽明上，魚明上）
2. 在坰之野 （之從上，耕見平，之章平，魚喻上）
3. 薄言駉者 （鐸並入，元疑平，耕見平，魚章上）

4. 有驈有皇 （之匣上，物見入，之匣上，陽匣平）
5. 有驪有黃 （之匣上，支來平，之匣上，陽匣平）

6. 以車彭彭 （之喻上，魚昌見平，陽滂平，陽滂平）
7. 思無疆 （之心平，魚明平，陽見平）
8. 思馬斯臧 （之心平，魚明上，支心平，陽精平）

右邊所注為各字之上古韻部、上古聲母、和聲調。我們先從主元音類型上分析：

1. e － e － o － a
2. ə － e － ə － a
3. a － a － e － a

4. ə － ə － ə － a
5. ə － e － ə － a

6. ə － a － a － a
7. ə － a － a
8. ə － a － e － a

從主元音的韻律安排上可以看出兩種音樂特性：第一，韻腳雖有魚部、陽部的換韻，卻都是〔ａ〕類元音。主要元音的響度常在音節中是最大的，因此它的發音類型對整個篇章的韻律感起著決定性的作用。當每個句子都用〔ａ〕收尾時，這種韻律感是很明顯的。第二，各句之中，中元音和低元音呈交錯出現，而且是有秩序、有節奏的出現。為了更容易看出這種節奏性，我們重新列出如下：

1. 中 － 中 － 中 － 低
2. 中 － 中 － 中 － 低
3. 低 － 低 － 中 － 低　　以中元音為基調（開口度小）

4. 中 － 中 － 中 － 低
5. 中 － 中 － 中 － 低

6. 中 － 低 － 低 － 低
7. 中 － 低 － 低　　　　　以低元音為基調（開口度大）
8. 中 － 低 － 中 － 低

由此分析中，我們又可以看出一種音樂上的規律性：前五句以中元音為基調，後三句以低元音為基調。而前五句又可分為兩個樂章：先以「中中中低」為主旋律（音樂的主題部），主題重複之後，進入開展部，由三中一低的型式變換為三低一中的型式，這是第一樂章。接著，四、五句三中一低的主題型式再現，這是第二樂章。押韻上，前三句為魚部韻，後二句為陽部韻，正好與主元音的韻律型式吻合。

第六、七、八句是第三樂章。頭二句用中元音起頭，接著以連串的低元音出現。末句以「中、低」間隔的方式作變化。

以上所論主元音的「中、低」交錯模式，事實上就是張口度的規律性變化，以張口度大小的交錯出現，造成鮮明強烈的節奏感。

　　下面我們再從聲母方面分析這首詩的語言風格。各句的聲母狀況是：

　　1. k － k － m － m
　　2. dz'－ k － t － r
　　3. b'－ ŋ － k － t　以上以 k 為基調

　　4. g － k － g － g
　　5. g － l － g － g　以上以 g 為基調

　　6. r － sk'－ p'－ p'
　　7. s － m － k
　　8. s － m － s － ts　以上以舌尖音為基調

　　從主元音看，本詩分為三個樂章，從聲母看，也區分為三個樂章，音律上完全吻合。三個樂章分別以 k-、g-、舌尖音為基調。第三章除了五個以 ts、s 開頭的音節外，r 也是個舌尖音，形成每句都有舌尖音的局面。下面再從聲調作分析。

　　*1.*平 － 平 － 上 － 上
　　*2.*上 － 平 － 平 － 上
　　*3.*入 － 平 － 平 － 上

　　*4.*上 － 入 － 上 － 平
　　*5.*上 － 平 － 上 － 平

　　*6.*上 － 平 － 平 － 平
　　*7.*平 － 平 － 平

8. 平 － 上 － 平 － 平

　　由這樣的分析，可以看出全詩仍是三個樂章的格局，和前面由不同的韻律角度分析所得完全吻合，也說明了這樣的分析方式完全能夠掌握歌謠中所蘊含的韻律奧秘。

　　第一樂章的特性有二，一是以上聲收尾，二是每句都佈置兩個平聲。首二句都是二平二上的節奏，只不過首句以二平開頭，次句二平移到中央，插在二上之間。第三句的二平位置與第二句同，只是起頭的音節改為入聲。三句顯然音律上都有相承性、連繫性，都在同一個模式上作局部調整，造成變化的美感。

　　第四、五句是第二樂章，其韻律模型是以第一、三字的上聲和二、四字的非上聲（實際是平聲，只夾一個入聲）交替出現。

　　末三句為第三樂章，特點是以每句三個平聲的佈局造成韻律感，遇到四個音節，則搭配一個上聲。

詞彙風格的研究方法

下面，我們討論如何從詞彙的角度看作品的風格特點。分成幾項討論：

一、擬聲詞的運用

這是描寫自然界客觀音響的詞彙。文學作品常常藉「聲音」效果來造成鮮明逼真的感覺，同時喚起視覺與聽覺的臨場感。

擬聲詞的運用是《詩經》的語言風格特色之一。例如寫水流聲：

河水浼浼	河水瀰瀰	北流活活
江漢浮浮	淮水湯湯	河水洋洋

寫風雨之聲：

風雨瀟瀟	習習谷風	虺虺其雷

寫工作勞動之聲：

伐兩丁丁	坎坎伐檀	筑之登登
鑿冰沖沖		

寫車行鼓樂之聲：

有車鄰鄰	鐘鼓喤喤	大車檻檻

寫動物叫聲：

關關雎鳩	交交黃鳥	雞鳴喈喈
雞鳴膠膠	喓喓草蟲	鳥鳴嚶嚶

　　歐陽修的秋聲賦善於運用擬聲詞來造成特效，如「初淅瀝以瀟颯，忽奔騰而砰湃」、「鏦鏦錚錚，金鐵皆鳴」、「但聞四壁蟲聲唧唧」。東坡石鐘山記也多用擬聲詞，如：「山上鵲聞人聲亦驚起，磔磔雲霄間」、「噌吰如鐘聲不絕」、「微波入焉，涵澹澎湃」、「風水相吞吐，有窾坎鏜鞳之聲」。

　　元曲中，擬聲詞的運用尤為普遍。例如：

- 無名氏神奴兒雜劇：「他兩個一上一下，直留之刺唱教揚疾。」
- 無名氏殺狗勸夫雜劇：「則被者吸里呼剌的朔風兒那裏好篤簌簌壁，又被這失留屑歷的，雪片兒偏向我密濛濛墜。」
- 鄭光祖倩女離魂雜劇：「將水面上鴛鴦特愣愣騰分開交頸。疏剌剌沙雕鞍撒了鎖韁，廝琅琅湯偷香處喝號提鈴。支愣愣爭絃斷了不續碧玉箏，吉丁丁噹精磚上摔破菱花鏡，撲通通東井底墜銀瓶。」

二、重疊詞的運用

詞的重疊式，是漢語構詞的一項特色：重疊有些是用作擬聲，有些用作一般的形容詞，少數也作動詞和名詞。從另一個角度看，重疊詞可以分為「疊音」和「疊義」兩大類。

疊音類如《詩經》「憂心烈烈、四牡奕奕、耿耿不寐」，這些疊字詞不用作擬聲，也不是原來單字的意思，它們性質上像聯綿詞，功能上作形容詞用。在現代漢語裡，疊字式通常以 ABB 的形式出現，例如：白花花、胖都都、髒兮兮、硬幫幫、酸溜溜等。這種 ABB 始於楚辭，如：「紛總總其離合兮」（《離騷》）、「爛昭昭兮未央」（〈九歌雲中君〉）等。唐宋作品中也偶而出現，如白居易「所以劉阮輩，終年醉兀兀」（〈對酒〉）、周邦彥「情性兒慢騰騰，惱得人又醉」（〈片玉詞〉）。元曲始較普遍，如「香噴噴味正甘，嬌滴滴色初綻」（〈梧桐雨〉）、「他兩個笑吟吟成雙作偶」（〈黑旋風〉）、「我只道他喜孜孜開笑容」（〈張天師〉）。明清的文學作品如《長生殿》、《紅樓夢》、《兒女英雄傳》，ABB的結構也較為常見，我們探討這些作品的語言風格時，可以把這種詞彙出現的頻率，結構式樣作一描述。

疊義類的兩個組成成分都是實詞，屬於兩個個別的詞素，疊音類的兩個字組成為一個單一的詞素。疊義詞如《詩經》的「燕燕于飛」（〈邶風燕燕〉）、「子子孫孫，勿替引之」（〈小雅楚茨〉），又如韋莊菩薩蠻「人人盡說江南好」。以上作名詞用。《詩經》的「于時言言，于時語語」（〈大雅公劉〉）、「有客宿宿，有客信信」（〈周頌有客〉），又如古詩十九首「行行重行行，與君生別離」，杜甫秋興之三「清秋燕子故飛飛」。以上作動詞用。

在現代文學裡，有些作家善於驅遣疊字詞，而形成一種獨特的風格，例如朱自清〈槳聲燈影的秦淮河〉就用了一連串的疊字詞：

　　秦淮河的水是碧陰陰的。

　　那漾漾的柔波是這樣的恬靜。

　　等到燈火明時，陰陰的變為沉沉了。

　　於是飄飄然如御風而行的我們，………………

　　便像是下界一般，迢迢的遠了。

　　又像在霧裡看花，盡朦朦朧朧的。

　　徐志摩〈我所知道的康橋〉也設計了許多疊字詞：

　　靜極了，這朝來水溶溶的大道。

　　透著漠愣愣的曙色。

　　天邊是霧茫茫的，尖尖的黑影是近村的教寺。

　　地形像是海裏的輕波，默默的起伏。

　　朝霧漸漸的升起，揭開了這灰蒼蒼的天幕。

　　在靜定的朝氣裏漸漸的上騰，漸漸的不見。

　　重疊詞的形式除了一般常見的 AA 型、AABB 型、ABB 型之外，台灣的閩南籍作家往往也使用 AAB 型重疊，如：「強強滾」、「夏夏叫」、「俗俗賣」、「直直落」等。這是受閩南方言的影響，造成一種新的詞彙風格。

三、使用方言俗語的風格表現

　　楚辭是戰國時代楚國的詩歌，因此，語言形式上就帶有明顯的南方風格。宋黃伯思《翼騷序》說：

　　屈宋諸騷，皆書楚語，作楚聲，記楚地，名楚物，故謂之楚辭。

　　若些、只、羌、蹇、紛、侘傺者，楚語也。

六朝時候的南方文學吳歌西曲用「儂」表示第一人稱，用「歡」作單音節名詞，指心中所愛的人。形成吳歌西曲的用詞風格。

　　《世說新語》常見「阿堵」一詞，義為「這，這個」。這是南朝盛行的口語。例如：

　　　　殷中君見佛經云：「理亦應在阿堵上。」（文學）
　　　　明公何有壁間若阿堵輩？（雅量）
　　　　夷甫晨起，見錢閣行，呼婢曰：「舉卻阿堵物！」（規箴）

　　這是《世說新語》的用詞風格之一。

　　唐代韋莊的詩也善於運用口語詞彙，例如：〈長安清明〉一詩中，用了「白打」（兩人對踢的蹴鞠戲）、「叱撥」（駿馬也）、「早是」（本是、已是）、「可堪」（那堪）等詞，也反映了韋莊詩的語言風格。

　　杜甫詩也經常反映當代的口語。例如：

　　　　汝去迎妻子，高秋念卻回。（舍弟歸觀藍田迎新婦）
　　　　西憶岐陽信，無人遂卻回。（自京竄至鳳翔）

　　其中的「卻回」即唐人口語「返回」之意。又如：

　　　　多才依舊能潦倒。（戲贈秦少府短歌）
　　　　獨醒時所嫉，群小謗能深。（贈裴南部）

　　其中的「能」不是「能夠」而是「這樣」的意思，也是唐代流行的詞語。

　　《金瓶梅》的語言基本上是山東方言，這一點鄭振鐸（《談金瓶梅詞話》，1933）、魯迅（《中國小說史略》，1935）、趙景深（《談

金瓶梅詞話》，1957）早已指出。但其中也雜有一些吳方言詞彙，例如：「常時」（即時常）、「人客」（即客人）、「房下」（即謙稱自己妻妾）、「一答里」、「花黎胡哨」、「事體」等。這是因為經過吳人潤飾使然。明沈德符《萬曆野穫編》說：

> 原本實少五十三回至五十七回，遍覓不得，有陋儒補以入刻，無論膚淺鄙俚，時作吳語，即前後血脈亦絕不貫串。

這種方言混雜的現象竟也成了《金瓶梅》的語言特色。

徐志摩曾用硤石土白寫成現代詩〈一條金色的光痕〉，表現了獨特的風格。用近代吳語撰作文學作品，徐志摩之前是韓邦慶（1856~1894）的《海上花列傳》六十四回，全用蘇州語。

現代文學還有很多是以方言呈現其語言風格的，如老舍用北京方言詞語表達幽默詼諧的特色。台灣的閩南籍作家夾雜閩南語詞彙進行創作，表達濃厚的鄉土味，也形成地方性的語言風格。

四、使用典雅或古語詞彙的風格表現

韓愈〈南山詩〉用了許多唐代口語已經不用的上古詞彙，造成典雅的風格。例如：「沮如」、「濯濯」出自《詩經》、「崒崒」出自司馬相如《子虛賦》、「歗歗」出自《說文》、「刻轢」、「幽墨」楚辭作「幽默」（深靜也）出自《史記》。

明代文壇的前後七子，詩文都刻意擬古，所謂「詩必盛唐，文必秦漢」這種「句擬字模」的風尚也形成他們獨特的語言風格。

作品中用典也屬於此類情況。六朝駢文好用典，是駢文的主要特色之一。唐代李商隱好用典故，因而造成命意深切，寄託深遠的風格。孟浩然〈和李侍御渡松滋江〉詩正是使用典故來表現典雅的風格。如詩中「南紀」，指南方大河，出《詩經·四月》：滔滔江漢，

南國之紀;「皇華」指使者,《詩經·序》:皇皇者華,君遣使臣也;「挂席」,揚帆也,出《文選·木華海賦》:挂帆席。

五、使用外來語詞的風格表現

漢語中的外來語主要指的是「音譯詞」。在佛經的語言中充滿了這類詞彙,例如《金剛經》:

> 一時佛在舍衛國祇樹給孤獨園,與大比丘眾千二百五十人俱。

這段話中,「佛」、「給孤獨園」、「比丘」都是音譯詞。其他佛教的典籍中也常見梵文的音譯詞,例如:「沙門、蘭若、涅槃、優婆塞、禪、劫……」等。形成了佛經的特殊語言風格。

元曲裡有許多蒙古語的音譯詞。例如:

> 去買一瓶兒打剌蘇吃著耍。(「打剌蘇」,蒙語「酒」)
>
> 《小尉遲·二》
>
> 將伍員賺將來,拏住哈剌了!(「哈剌」,蒙語「殺」也)
>
> 《伍員吹簫·一》

此外,如「撒敦」(蒙語「親戚」也)、「虎剌孩」(蒙語「強盜」也)、「把都兒」(蒙語「勇士」也)等音譯詞充斥於元曲作品中。

現代文學作品中,來自歐美的音譯詞更是普遍,例如:鴉片、咖啡、雪茄、可口可樂、卡通、沙發、雷達、幽默、基督、麥克風……等。新詞的產生往往用音譯的方式,例如:幽浮、蒙太奇、樂普、雅痞、拷貝、拍檔、漢堡、三溫暖、馬殺雞……等。我們可以從作品中使用此類詞彙的頻率來描述作品風格。

六、由詞彙結構類型顯示風格

漢語詞彙的結構方式是多樣的，例如「聯綿詞」、「節縮詞」、「並列複合詞」、「主從複合詞」、「動補複合詞」、「動賓複合詞」、「主謂複合詞」、「派生詞」等。我們可以由某一文學作品中觀察作者構詞的偏向，用統計數字把這種偏向顯示出來。

七、使用虛詞的風格表現

「虛詞」和「實詞」相對，它是沒有實質意義的詞彙，只擔負某種特定的語法功能，或表現某種特定的語氣。它不單獨充當句子成份。如介詞、連詞、語氣詞都是虛詞。古代漢語的「之乎也者」，現代漢語的「的、了、呢、嗎」呈現不同的語言風格。歐陽修〈醉翁亭記〉共用了二十個「也」字，造成這篇文章的獨特風格。趙元任的《語言問題》一書，以流利的口語寫成，大量的使用語氣助詞。他用的不是一般常見的「嗎、呢」，而是「嘍、吶」，形成趙氏獨特的個人風格。因此，虛詞的使用狀況，是我們研究作品語言風格的對象之一。

八、由詞彙的情感色彩看風格

詞彙往往反映了不同程度的情感色彩。例如：「賣國賊、卑鄙無恥、笨蛋」是激情詞；「暴行、奸詐、純潔、起義、民族英雄」是帶評價色彩的感性詞；「語言、時代、結構、表達」是中性詞；「基因、雷達、契約、簽呈」等見於科學論文、法律、公文中的詞彙為理性詞。理性詞又比中性詞更為具體。

有些作家擅長運用強烈的色彩詞，有的作品措辭比較理性客觀。

因此，我們可以由作家使用的詞彙，分析其情感色彩的傾向，描述他的語言風格。

九、由新詞的創造力看語言風格

一般作品所用的詞彙都是社會上約定俗成的現成詞，但是也有一些作品用詞突兀新穎，表現了很大的獨創力。古代的莊子，天才絕出，想像力超人，因此也創造了自成一家的語言風格。為了表達他的哲學思想，他創新了一些詞彙，如：「坐忘、攖寧、才全、無假、坐馳、無厚、有間、懸解、物化、葆光」等。

詩人李賀開展了晚唐唯美主義路線，往往自創穠麗陰暗的新詞來表現新風格，使用「紅、紫、青、黃……」等色彩詞，又用「鬼、死、夢、淚……」造成淒豔迷離的境界。例如他善用「鬼」字造新詞：

鬼雨灑空草（感諷）
嗷嗷鬼母秋郊哭（春坊正字劍子歌）
鬼燈漆點如松花（南山　田中行）

所以宋祁稱李賀為「鬼才」（見《文獻通考》），嚴羽評李賀為「鬼仙之詞」（見《滄浪詩話》）。

徐志摩造新詞的能力尤其過人，他作品中處處都流露著這些新穎的成分。例如：

開向無人跡處去享他們的野福，──誰不愛聽那水底翻的音樂在靜定的河上描寫夢意春光。（我所知道的康橋）

其中的「野福、水底翻、靜定」都是自創詞。

十、由詞類活用看語言風格

有些作家不常造新詞，卻把原有的詞變換一下詞性使用，也造成新穎有力的效果。例如：「老吾老以及人之老」頭一個「老」用作動詞，後兩個「老」用作名詞。「豕人立而啼」（左傳）中的「人」由名詞轉為副詞。「衣冠而見之」中的「衣冠」由名詞轉為動詞。「今者無故誘至虜使，以詔諭江南為名，是欲臣妾我也，是欲劉豫我也」中的「臣妾」由普通名詞變為動詞，「劉豫」由專有名詞變為動詞。「不遠千里」、「漁人甚異之」的「遠」、「異」都由形容詞轉成了動詞。

現代文學作品也常有這樣的變換，例如徐志摩的詩：「她怎麼知道人生的嚴重，夜的黑，她怎麼明白運命的無情，慘刻在不知名的道旁？」其中的「嚴重、黑、無情」都由形容詞變成了名詞。「你看那市場上的盤算」其中的「盤算」由動詞變成了名詞。「血管裡疙瘩著幾兩幾錢」（以上二句見《西窗》），其中的「疙瘩」由名詞變成了動詞。每個作家活用詞類的頻率與方式都不相同，這樣也顯示了風格的差異。

十一、由作品中的成語、諺語、歇後語看風格

有的作品收入大量的成語、諺語、歇後語，藉以增強文章的表達力。《紅樓夢》就是在此方面運用得很成功的一部文學作品。例如「鬥雞走狗，賞花悅柳」（第九回）、「人急造反，狗急跳牆」（第二十七回）、「真人不露相，露相不真人」（第一百一十七回），這樣的諺語一一摘出，大約有二、三百條之多。高國藩《紅樓夢中的民間諺語》說：

我們可以說，一部《紅樓夢》也是一部清代的民間諺語詞典。在我國歷來的小說中，沒有見到過像《紅樓夢》這樣包羅了如此豐富多采的民間諺語，這在世界文壇也是罕見的。（《紅樓夢學刊》1981 第三輯）

歇後語方面例如：

呸！原來也是個銀樣蠟槍頭！（第二十三回）（意思是「中看不中用」）
雖然年紀大，山高遮不住太陽。（第二十四回）（意思是「高上還有更高的」）

這樣的歇後語，《紅樓夢》中觸目皆是。由此，我們還可以看出前八十回和後四十回的語言風格的差異。前八十回有諺語一百六十條，後四十回只有四十條。顯然在運用諺語的能力上，前後有別。此外，曹雪芹運用諺語往往還加以熔鑄提煉，例如「萬兩黃金容易得，知心一個也難求」（第五十七回）。其中的「萬兩」原本作「千兩」。「薛寶釵說：女子無才便是德」（第六十四回），在第四回中變化為「李守中說：女子無才便有德」。可見曹雪芹不是一成不變的襲用諺語。這也表現了他驅遣語言的風格。現代散文、小說的分析，我們也可以用這個方法來揭露作品的語言風格。

十二、由共存限制看語言風格

自然語言裡，詞和詞之間有一定的搭配關係，有的可以相連接出現，有的詞不能相連接，研究詞與詞的這種搭配規律即是「共存限制」的課題。例如數量詞之後必然是名詞，我們可以說「一個人」、「一座山」，不能說「一個飛」、「一座好」。再進一步看，量詞

（又稱「單位詞」）和什麼樣的名詞搭配，也是有一定限制的。例如我們可以說「一條豬」、「一頭豬」，卻不能說「一匹豬」、「一座豬」。現代漢語的複數詞尾「們」只能和「屬人」的名詞搭配，例如「他們」、「孩子們」，卻不能說「狗兒們」、「水桶們」。

共存限制有兩種情況，一是語法上的，一是詞義上的。所謂「語法上的共存限制」，例如英語主詞和動詞在「人稱、數」上要一致；漢語裡名詞可以和動詞、形容詞相組合，卻不能和副詞相組合。古代漢語名詞可以和數詞直接搭配（如「牛一、羊二、七竅」），現代漢語需在中間加入量詞（如「一條牛、兩張桌子」）。所謂「詞義上的共存限制」指的是語法相合外，在詞義上也要相容。我們以「星」為例，它可以和形容詞「明」搭配成「明星」，但同樣是形容詞的「甜」卻不能和「星」搭配成「甜星」，這就是違背了詞義上的共存限制。語法雖合，而詞義不合。至於「再」和「星」搭配成「再星」就更不允許了，因為它違背了語法上的共存限制。名詞「星」是不能和副詞「再」相配的。再以「吃」為例，它和名詞搭配，造成「吃飯」、「吃筆」，語法合，而後者詞義不合。至於「吃亮」就更覺不妥，因為打破了語法上的共存限制，而讓動詞與形容詞組合了。

由此可知，同一詞性的詞，有的能相接合，有的則否，主要是詞義所決定。試比較下面的搭配關係：

花＋動詞	A.開、落	B.跑、坐	C.很
飲＋名詞	A.茶、水	B.飯、糖	C.打
紅＋名詞	A.布、屋	B.希望	C.吹

各例的 A 可以成立，B、C 不能成立，是因為 B 打破了詞義上的共存限制，C 打破了語法上的共存限制。

我們可以用「辨義成分」（或稱為「區別性特徵」）來說明詞義上的共存限制。漢語有這樣一種句型：

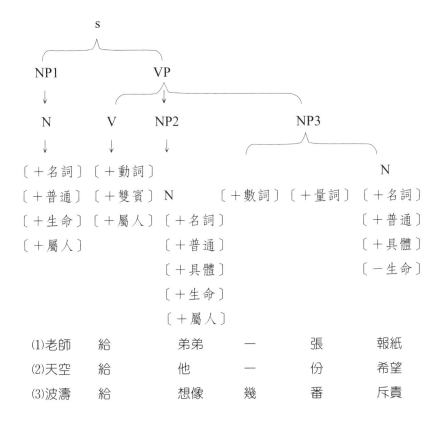

(1)老師	給	弟弟	一	張	報紙
(2)天空	給	他	一	份	希望
(3)波濤	給	想像	幾	番	斥責

　　第(1)句完全合乎自然語言，第(2)、(3)句則不在日常交談中出現，因為它打破了自然語言的詞義共存限制。「天空」和「波濤」都不合〔＋生命〕和〔＋屬人〕的辨義成分；「想像」不合〔＋具體〕、〔＋生命〕、〔＋屬人〕等辨義成分。但是第(2)、(3)句的詞彙組合方式卻可以在詩的語言裡出現。

　　由此可知，詩的語言往往可以透過語言學的分析技術進行檢驗，從中找出規律，對詩的語言的奧秘做科學的詮釋與解析。這方面的工作，共存限制的觀念可以提供我們很大的幫助。

　　事實上，詩的語言並非一套毫無憑據、無中生有的新語言，它絕大部分仍建築在自然語言的基礎上，它服從於自然語言的基本律則，只要在次要部分放寬律則，作彈性的運用。因此，我們感到詩的語言

新穎、奇特，而不會有全然不可解的感覺。詩的語言的創造性大部分表現在詞義上共存限制的放寬，少部分表現在語法上共存限制的調整。例如上句中「波濤給想像幾番斥責」雖然語義晦澀，其中意象仍可捕捉。如果改成「斥責想像幾番波濤給」就完全不可解了，這樣的句子甚至不可能出現在詩中。可見詩的語言的「創造性」是有限度的，所謂「大德不逾閒，小德出入可也」。因為「傳達性」是語言符號的基本功能之一，詩不能沒有傳達性，有了傳達性才有可能喚起共鳴，表達意象與情感，否則便成了一堆無意義的符號。

下面以洛夫〈初生之黑—石室之死亡〉為例來說明共存限制理論在詩句上的應用。

我閃身躍入你的瞳，飲其中之黑。

在自然語言中，「飲」後面所接的賓語必須具有的性質是〔＋名詞〕、〔＋可入口〕、〔＋液體〕。而在這個詩句中，「飲」的賓語的限制大大放寬了。在詩的語言裡，這個賓語由「可飲之物」（＋液體）放寬為「不可飲之食物」（＋可入口），也可以再放寬為「非食物之名詞」（－可入口）。而上句中繼續放寬為形容詞的「黑」（－名詞），這是打破了語法上的共存限制。（名詞→形容詞）

我們比較洛夫詩中的另一句：

你遂閉目雕刻自己的沉默。

句中的動詞「雕刻」在自然語言裡的規律是和〔＋名詞〕、〔＋具體〕等性質的賓語相搭配，這裡放寬了這項規律，用「沉默」作賓語。「沉默」具有〔＋名詞〕、〔－具體〕等辨義成分，是個抽象名詞。

我們比較上述洛夫的兩個詩句，可以感受到後一句的可理解性高

於前一句。這種感覺可以用共存限制理論得到具體的答案：前一句把該用的名詞換成了形容詞，所打破的是一個比較上位的範疇——語法上的共存限制；而後一句只是把該用具體的名詞換成了抽象名詞，所變的只是名詞範疇的下位概念，也就是詞義上的共存限制。

我們可以用下式表明「詩的語言」的性質：

放寬共存限制

自然語言→→→→→→→→→→→　詩的語言

我們再看余光中的現代詩〈鶴嘴鋤〉：

> 就這麼一鋤一鋤鋤回去
> 鋤回一切的起源
> 溯的潮潮濕濕的記憶
> 讓地下水將我們淹斃

其中「鋤回」的賓語本應是「起源之處」，詩句省略了「之處」。形容詞「潮潮濕濕」所修飾的名詞本應是〔＋具體〕的，現在卻與〔－具體〕的「記憶」相搭配，放寬了詞義上的共存限制。

句法風格的研究方法

下面，我們再討論如何從句法的角度看作品的風格特點。以下分成幾項討論：

一、由造句類型探索作品風格的差異

漢語的句型包含零句（又稱「小型句」、「非主謂句」）、名詞性謂語句、動詞性謂語句、形容詞性謂語句、主謂謂語句、動賓謂語句、動補謂語句，連動謂語句、兼語謂語句、把字句、被字句、疑問句、驚嘆句……等。我們針對作品進行統計分析，看看作者使用各類句型的比例，藉以反映出他的造句風格。

例如，就被動句來說，古代漢語的被動句又有幾種不同的形式，有的用介詞「於」，構成「Ｖ於Ｎ」的句式，例如「傷於矢」、「常制於人」；有的用介詞「為」，構成「為ＮＶ」的句式，例如「為天下笑」、「吾屬今為之虜矣」；有的用關聯詞，構成「為Ｎ所Ｖ」的句式，例如：「為小人所讒」、「為敵軍所敗」；有的用助動詞「見」，構成「Ｎ見Ｖ」的句式，例如「吾常見笑於大方之家」、「先生又見客」（《漢書・司馬相如傳》，言至此國為客也）。在古

代，每個人、每個時代、每部作品的使用方式都不同，形成不同的造語風格，這方面也可供我們比較研究之用。

二、由句子擴展的狀況比較作品風格

有的作品以短句為主，有的作品長句較多。或以簡單句表現風格，或以複合句構成特色。這些都可以用統計法顯示出來。唐松波《語體‧修辭‧風格》一書，比較了三種實用書面語體中簡單句與複合句的比例趨勢（第 11 頁）：

	科學體	公文體	政論體
簡單句	49.7 %	62.8 %	66.4 %
複合句	50.3 %	37.2 %	33.5 %

得到的結論是從政論體到科學體，複合句逐級增多，簡單句卻相反。他又統計了俄語政論中，社論體裁使用簡單句和複合句的變化（第 12 頁）：

	1924	1974
簡單句	51.5 %	71.8 %
複合句	48.5 %	28.2 %

得到的結論說明了半世紀來俄語報刊語言的句法向著「大眾化」的方向發展。也可以說是半世紀來的社論語言風格的變遷。

漢語向來短句居多，五四以來長句漸增，單句複雜化，修飾成分增多，並列結構擴展，歐化句子大量出現。王力《中國現代語法》第六章專論「歐化的語法」，提出了幾種歐化現象，例如：

1. 增加主語

王氏以《紅樓夢》為例，如果我們把下面這些句子改為歐化句，就可添上不少主語，添上的主語用【】號為記：

寶玉說：「【我】有些疼，【這】還不妨事。明日老太太問，【你們】只說我自己燙的就是了。」鳳姐道：「【我們】就說【你】自己燙的，【她】也要罵人不小心，橫豎有一場氣生。」

2. 繫詞的增加

例如「他的妻子很好」說成「他的妻子是很好的」，「花紅柳綠」說成「花是紅的柳是綠的」。

3. 句子的延長

例如《紅樓夢》：「一個小道士兒，剪蠟花的，沒躲出去……」改成歐化句就是「一個剪蠟花的小道士兒沒躲出去……」。徐志摩的散文風格，往往喜造歐化的長句，例如：「它那脫盡塵埃氣的一種清徹秀逸的意境可說是超出了圖畫而化生了音樂的神味。」（我所知道的康橋）

我們研究古代作品的造句風格，可以先把原句化簡，成為一個基本句型，然後觀察此句擴展的模式。也就是觀察「基底結構」（或「深層結構」）到「表層結構」（或「表面結構」）的添加情形與變動情形，這樣也可以歸納出作品的語言風格。例如「太子豫求天下之利匕首」的基底結構是「太子求匕首」，是個簡單的主動賓結構。變化後，動詞「求」與賓語「匕首」的前面都增加了一些修飾成分。

有些作品卻以短句取勝，例如《史記·刺客列傳》：

秦王發圖，圖窮而匕首見。因左手把秦王之袖，而右手持匕首揕之。未及身，秦王驚，自引而起。袖絕。拔劍，劍長，操其室。

時惶急，劍堅，故不可立拔。荊軻逐秦王，秦王環柱而走。

一連串短句的運用，增加了緊張的氣氛，使得讀者似乎連呼吸都變得急促了，令人喘不過氣來。

三、由句法歐化的類型和頻率看作品的語言風格

王力《中國現代語法》除討論拉長的歐化句子以外，也討論了其他歐化的形式。例如：(1)可能式的歐化。「你能去多早，就去多早。」說成「你儘可能地早去。」；「歷史不會倒退」說成「歷史沒有倒退的可能」；(2)被動式的增加。「嫌犯已經釋放了」說成「嫌犯已被釋放了」；(3)記號的歐化。像「們」的使用範圍擴大，《紅樓夢》：「眾清客在旁笑道……」歐化句說成「清客們……」。又歐化句常用「地」作副詞的記號。把「著」字的用途也擴大了。「巡察斜了眼研究著老媽子的鞋尖。」、「他用著山西口音告訴你。」其中的「著」原是可以不用的。

至於詞尾的歐化現象，應該是現代漢語的詞彙風格之一。例如王力舉出的「化」、「性」、「度」、「品」、「家」、「者」等字：

標準化	機械化	大眾化
可能性	重要性	神秘性
高度	深度	強度
作品	食品	出品
哲學家	化學家	藝術家
作者	讀者	崇拜者

王力的《中國現代語法》是一九四〇年在西南聯大的講義，距今超過半個世紀，因此他所提出的歐化現象僅止於當時所見，半個多世

紀來，我們的語言受西方的衝擊更甚於往昔，歐化的情形比過去更多樣、更普遍。不同的作品，歐化的程度又不相同，所以這是我們檢驗作品語言風格的著眼點之一。

四、由句子省略的情況看風格

省略現象是漢語的特性之一。通常是當前省略、承上省略和概括性省略。特別是古代漢語，這種現象更為普遍。例如：

> 陳太丘與友期行，（　）期日中。過中，（　）不至，太丘捨去。（　）去後，（　）乃至。（《世說新語·德行》）
> 永州之野產異蛇，（　）黑質而白章；（　）觸草木，（　）盡死；（　）以齧人，（　）無禦之者。（柳宗元《捕蛇者說》）

以上括號處，都省略了主語。現代漢語是不能省略的。這是兩種文體的風格差異。

五、由作品裡文言或白話句式的使用情形看風格

現代散文雖然基本上都是白話文，但「白」的程度各人不同。像梁啟超用的是文白夾雜體，趙元任《語言問題》就十分的口語化。我們且舉梁氏所謂「筆鋒常帶感情」的「新民叢報體」看看：

> 林肯不顧國內之分裂，不恤戰爭之塗炭，而毅然布放奴令於南美者，愛公理也。

我們再比較一下趙氏的句子：

> 咱們拿一個不熟悉的語言一比，馬上就覺出來，水這個東西本身是一回事兒，wasser 這個字完全是另外一回事兒；水才不「明明兒」是 wasser 吶！

徐志摩的散文偶而也帶一些文言味道：

> 流水之光，星之光，在青年的妙目中閃耀……流水涸，明星沒，在這艷麗的日輝中，只見愉悅與歡舞與生趣。（北戴河海濱的幻想）

其中的「之」、「妙目」、「涸」、「沒」、「日輝」、「與」都是文言的成分。在文、白之間，顯然上面二人的風格是不同的。

六、由句法的偶化狀況看風格

由於漢語的單音節性，在文學上就比較容易利用這種特性造成上下對稱的句子，呈現出整齊的美感。這種語言特性的利用，形成各種體裁風格，也形成作家的個人風格。六朝的駢體文是極端偶化的體裁，現代作家中，徐志摩的文學語言往往運用句法的偶化，例如：「披散你的滿頭髮，赤露你的一雙腳。」（《這是一個儒怯的世界》）、「脫了綿袍，換上夾袍，脫下夾袍，穿上單袍。」（我所知道的康橋），由此，呈現了徐志摩的個人風格。

明清小說往往夾雜著偶化的句子，例如《紅樓夢》：

> 黃花滿地，白柳橫坡。小橋通若耶之溪，曲徑接天台之路。石中清流滴滴，籬落飄香；樹頭紅葉翩翩，疏林如畫。（第十一回）

詩歌中，律詩的中間四句是必須要對偶的，形成律詩的體裁風

格。例如：

> 錦江春色來天地，玉壘浮雲變古今。（杜甫登樓）
> 花徑不曾緣客掃，蓬門今始為君開。（杜甫客至）

我們研究這類作品的語言風格時，還可以分析對偶方式的差異。例如「工對」、「寬對」、「正對」（即「真對」、「的對」，要求上下兩句的虛、實、名物、數字都要相對）、「合掌對」（上下兩句詞義全同，上下意思重複）、「鄰對」（詞義類別較近的相對，如天文與時令，地理與宮室，器物與衣飾、植物與動物等）、「當句對」（一句之內的詞語相對，如「秦樓駕瓦漢宮盤」中「秦樓」對「漢宮」；「瓦」對「盤」）、「隔句對」（單句與單句對；偶句與偶句對。如「凝眸，堯舜殷湯紂；回頭，梁唐晉漢周」）、「錯綜對」（相對的詞不拘位置，如「裙拖六幅湘江水，鬢聳巫山一段雲」中的「六幅」與「一段」）、「流水對」（上下句意義或語法都不對立，而是有上下相承關係，先後次序不能倒置。如杜甫「即從巴峽穿巫峽，便下襄陽向洛陽」，又稱「串對」）、「借對」（借義或借音，如杜甫「借債尋常行處有，人生七十古來稀」，以「尋常」之度量義對「七十」）、「借音對」（如「殘春紅藥在，終日子規啼」，以「紅」對「子（紫）」）、「虛實對」（以虛詞、實詞對仗，如賈島「身世豈能遂，蘭花又已開」以「身世」、「蘭花」相對）等等。

七、由韻散夾雜的方式看語言風格

唐代變文是一種韻、散混用的體裁，形成變文的特殊風格。而同屬變文中，也有個別的風格差異存在，韻、散結合的情形不盡相同，有的是以散文講述，以韻文再唱出其內容；有的是以散文作「引起」，而以韻文作詳細之敘述。韻文的表現方式，有的用七言，有的夾雜三

言，也有混用五言、六言的。散文的表現方式，有的用白話口語，有的用駢偶句法，風格呈現了繁複而多樣的局面。

宋人話本首尾往往安排詩詞韻文，中間又常以「正是⋯⋯」、「卻似⋯⋯」、「有詩有證」、「有詞為證」等語插入幾句韻文。形成話本的體裁風格。

現代文學無論小說、戲劇、散文、詩歌，我們都可以由這個角度分析其語言風格。

八、由對話的安插狀況看風格

傳統的戲劇有曲文，也有賓白，賓白安插的情況、出現的頻率、造句的樣式，每個劇作家未必相同。唐代的變文、宋代的話本、歷代的小說，有的以客觀的敘述為主，有的夾雜對話。不同作者間，也各有特點。即使是詩歌體，偶而也把對話帶入，形成特殊的風格。例如〈詩經・齊風・雞鳴〉是一首對話體的詩。女方首先說：「雞既鳴矣，朝既盈矣。」男的說：「匪雞之鳴，蒼蠅之聲。」全篇正是這樣你一句我一句的組成。有的是在直敘中插入對話，例如〈鄭風・溱洧〉：

溱與洧，方渙渙兮。
士與女，方秉蕳兮。
女曰：「觀乎？」士曰：「既且。」⋯⋯

有時是設問自答的方式，例如〈召南・采蘋〉：

于以采蘋？南澗之濱！
于以采藻？于彼行潦！⋯⋯

這樣就使得平鋪的敘述，有了波瀾變化，變得生動活潑。

又如東漢末陳琳〈飲馬長城窟行〉也屬於這種類型，在詩語中安插了對話：

往謂長城吏：「慎莫稽留太原卒！」
「官作自有程，舉築諧汝聲！」
「男兒寧當格鬥死，何能怫鬱築長城！」

這是役卒和官吏的一對一答。現代詩裡，也有插入對話的，例如徐志摩〈叫化活該〉：

「行善的大姑，修好的爺，」
西北風尖刀似的猛刺著他的臉，
「賞給我一點你們吃賸的油水吧！」

安插對話就是讓文章說話，使文章充滿生命力。無論是戲劇、小說、散文、詩歌，無論是古典作品或現代作品，我們由其中對話的安排方式與狀況，可以分析作品的語言風格。

九、由作品重沓反覆的形式看風格

重沓反覆是文學作品常用的表現手段。中國文學之源的《詩經》語言正是富於反覆詠唱的句子，例如：

采采芣苢，薄言采之。
采采芣苢，薄言有之。
采采芣苢，薄言掇之。……

這是重沓反覆的極端例子，每句八個字中，只換了一個字，全詩由六次這樣的反覆組成。

桃之夭夭，灼灼其華，之子于歸，宜其室家。
桃之夭夭，有蕡其實，之子于歸，宜其室家。
桃之夭夭，其葉蓁蓁，之子于歸，宜其家人。

這又是另外一種反覆形式。各章一、三句全同，第四句部分相同，只第二句不同。

我們分析個人作品的反覆格式，區分出他慣用的反覆類型，由此可見出其語言風格。

現代詩常藉語句的反覆，表現韻律感。例如徐志摩的〈再不見雷峰〉：

再不見雷峰，雷峰坍成了一座大荒塚，
頂上有不少交抱的青蔥；
頂上有不少交抱的青蔥，
再不見雷峰，雷峰坍成了一座大荒塚。

這首詩的一、四句相同，二、三句相同。又如〈難忘〉：

……它們包圍它們纏繞，
它們獰露著牙，它們咬，
它們烈火般的煎熬，
它們伸拓著巨靈的掌，
把所有的忻快攔擋……

這首詩用一連串的「它們」造句，反覆的型式和上一首又有所不

同。

　　有時，散文的語言也作這樣的排比，來造成綿綿不絕的氣勢。例如徐志摩〈北戴河海濱的幻想〉：

> 在此暫時可以忘卻無數的落蕊與殘紅；亦可以忘卻花蔭中掉下的枯葉……忘卻我的冀與願；忘卻我的恩澤與惠感；忘卻我的過去與現在……

　　在這一段裡，他連續使用了二十三次「忘卻」作為句中的動詞，於是就有二十三個平行的句子反覆出現。

十、由詩的節奏、停頓看風格

　　詩歌的節奏單位和語言學上的語法分析單位往往不是一回事。例如《詩經》是四言詩，可是卻不能理解為「四個字為一句」的詩體。《詩經》有很多情況表面是四個字成一個單位，分析起來卻不是「句子」的單位，例如〈關雎〉篇：

> 關關雎鳩，在河之洲。
> 窈窕淑女，君子好逑。

　　這裡並不是四個句子，而是兩個句子，每句八字。「關關雎鳩」和「窈窕淑女」是兩句的主語，其後四字是謂語。整首「關雎」詩真正的四言句只有「求之不得」、「寤寐思服」、「悠哉悠哉」、「輾轉反側」而已。只占全詩的 20 ％。

　　再以周南的十一篇詩而論，除掉八字句、三字句（如「麟之角」）、二字句（如「言告言歸」）外，真正的四字句大約只占總數的一半。因此，我們說《詩經》是「四言詩」，實際上是指「以四個

音節為一個節奏單位的詩體」。

我們對詩歌的節奏單位進行分析，和語法分析是不同的。《詩經》的節奏以四音節為主，後世的詩歌就不一定了。例如五言詩的節奏大部分是上二下三，像杜甫〈蒹葭〉：「暫時——花戴雪，幾處——葉沈沈」，至於〈奉陪鄭〉一詩：「石角——鉤衣破，藤枝——刺眼新」若依語法結構言，應是上四下一。又〈空囊〉一詩：「翠柏——苦猶食，明霞——高可餐」節奏是上二下三，語法上卻是上三下二。通過此類節奏模型的歸納，也可見出語言風格。

在現代詩裡，節奏與停頓同樣未必與語法單位相合。往往一個句子，下半截卻要移入下一列，或一個句子在同一列中，卻有逗點隔開，這種情況都在表明節奏與停頓的位置。例如余光中〈水晶牢——詠錶〉詩：

貼你的耳朵吧，悄悄，在腕上
眾奴的合唱，你問，是歡喜或悲哀？

這是一列中有兩次停頓。在〈杞人的悲歌〉中，還有一列分四個節奏單位的：

我上次路過時，恐龍在呼嘯，地在動，海在沸騰……

又〈割盲腸記〉中有一行不成句的：

讓理想的傷口
都貼上膏藥
我的這張
要用來歌唱

這是四行分四個節奏單位，卻只有兩個句子，前兩行是一句，後兩行是一句。

像此類行數、節奏數、句數的錯綜關係，是詩人驅遣語言、變化語言效果的刻意安排，我們從作者的慣用傾向進行分析，也可以藉而描述作家的個人風格。節奏單位與意義單位要有良好的互動關係，才是好作品。

十一、由走樣句看語言風格

詩的語言和自然語言最大的不同即在於「走樣句」的運用。這是在造句上改變了自然語言的規範，發揮了詩人創造力的句子。就自然語言說，這種句子是不合規範的，一般說話不那麼說，但是卻可以出現在詩歌中。例如杜甫詩〈秋興〉：「芙蓉小苑入邊愁」原是「邊愁入芙蓉小苑」的變換；「聽猿實下三聲淚」原是「聽猿三聲實下淚」的變換；「香稻啄餘鸚鵡粒」原是「鸚鵡啄餘香稻粒」的變換。

我們且以「香稻啄餘鸚鵡粒」為例，來剖析這個句子的創造過程。首先，作者要表達的應是：

1. 鸚鵡啄稻粒

這是個合乎自然語言的句子，是詩句的基底結構。

2. 鸚鵡啄餘稻粒

3. 鸚鵡啄餘香稻粒

接著，在基底句上加了動詞補語「餘」在動詞「啄」之後；其次，又在賓語「稻粒」之前加上形容詞「香」。至此，詞序上仍合於自然語言。

4. 鸚鵡（　　）香稻（啄餘）粒

5. （　　）香稻　啄餘（鸚鵡）粒

這兩項變換始脫離自然語言，進入詩的語言。在第四句裡，動詞「啄餘」移位，插入名詞組「香稻粒」中間，這是一個相當突兀的句

子改造，它不是句子成分整組的移位，而是打破賓語內部的完整結構，塞入一個外來成分。我們觀念裡一般的移位或倒裝，應以不分割句子裡的小語言單位為原則，例如在「鸚鵡（1主詞）——啄餘（2動詞）——香稻粒（3賓語）」句中有三個小語言單位，也許我們在詩的語言中可以把詞序改造為「1-3-2」或「3-2-1」或「2-1-3」等等。但是作者卻選擇了一個把「香稻粒」拆開的方式，同時拆開的位置不是結構比較鬆散的「香——稻粒」之間，而是結構比較緊密的「稻粒」之間。這是杜甫驅遣語言，改造句法的大膽之處。所謂「語不驚人死不休」可以從這個角度去理解。

在第五句中，杜甫又把主語「鸚鵡」移位，塞到動詞「啄餘」的後面，使得這個句子面目全非，完全脫離了自然語言「主—動—賓」的次序，而成為「賓（香稻）—動（啄餘）—主（鸚鵡）—賓的另一部分（粒）」。

王維〈過香積寺〉：「泉聲咽危石，日色冷青松」也是走樣句。梅祖麟《文法與詩中的模稜》分析了它的創造過程：

　　1. 危石使泉聲咽，青松使日色冷
　　2. 危石咽泉聲，青松冷日色（使動轉換）
　　3. 泉聲咽危石，日色冷青松（倒裝變換）

第一、二句還不離古代漢語的自然語言，第三句是「走樣句」，就只能出現在詩句裡了。

用上面的分析方式來研究不同作者創新語言的模式和頻率，這也是探索作品個人風格的途徑之一。

十二、由假平行現象看語言風格

律詩中間四句是對偶句，上下兩聯往往看起來是平行的，從語法

分析起來卻不一定平行，這種現象稱「假平行」，也有人稱為「偽聯」。例如杜甫〈秋興〉：

　　聽猿實下三聲淚，奉使虛隨八月槎

　　表面結構上下兩聯對得很工整，可是細察「八月」是「第八月」而非「八個月」，「三聲」卻不是「第三聲」。又如：

　　叢菊兩開他日淚，孤舟一繫故園心。

　　其中「兩」在修飾「開」，下聯的「一」卻指「孤舟」。因此，也是假平行。
　　在現代詩裡，假平行的情況不多見，因為現代詩沒有固定格式，可以視情況對偶或不對偶，不像律詩限制較多，於是作者無法句句都對得很完善。像余光中〈天郎星變奏曲〉：

　　黃河總難清，祖龍又不死。
　　一丸病地球，半邊冷月亮。

　　上下之間都對得很工整。除了「黃河」是個專有名詞，而下句的「祖龍」卻是作者的自創詞。
　　常有假平行的作品和不出現假平行的作品，都是作品風格之一體。每個作家使用假平行的方式都不一樣，由此正可以看出各作家驅遣語言的技巧和個人特色。

6

聲韻學知識與文學賞析

一、形成韻律的基本原則

聲韻學往往被視為象牙塔裡的知識，是少數專精而能耐得住寂寞的學者所從事的一門枯燥艱深的絕學。這就是一般人對聲韻學的印象。但是，事實上不是這樣，這是長久以來的一個誤解。聲韻學和文學賞析其實有著十分密切的關係。沒有充分的聲韻知識，不但極富音樂性的詩歌無法有效體會，就是其他各類的文學形式的欣賞和研究都會受到很大的局限。近年發展的韻律風格學正是聲韻學和文學結合的一條新途徑。

文學作品之構成聲音美，通常透過下面幾個基本原則。

1. 同音的重複

無論是音樂或語言的聲音，造成節奏感的最基本原則，就是讓相同或相類似的發音，有規律地反覆出現。有時是一個字的部分聲音相同，有時是同音字，有時是相同的字，有時是同樣的句型排比，像歌謠似的重沓反覆，這就是聲音美的奧秘。

第6章 聲韻學知識與文學賞析

2.篇章中音節數目的整齊化

這是把作品篇章中的文學作一個整齊的排比。四言、五言、七言正是這種情況。散文有時也會有意無意間造成這樣的效果，只是沒有詩歌這麼明顯罷了。

3.押韻

「押韻」就是押韻腳字，使其叶韻。這是古今中外的文學作品最常用的方式。

4.句中韻

一個句子當中，有些字可以互相協韻，這是作者可以自由彈性運用的地方。例如有時是第一、三、五字相押，有時出現的位置並不規則，比如第二、三、七字相押等等。

5.諧主元音

在漢字的每一個字音中，發音的高峰落在主要元音，它是音節的核心，因此，詩歌中主要元音的相諧，也可以造成韻律效果。例如「公無渡河」四字，在上古音中，後三字的主要元音都是〔a〕。這是句內相諧，此外也可以在一個篇章中異句相諧。也就是這一句的某幾個字和下幾句的某幾個字主要元音相同。

6.諧韻尾

古典詩歌多半是能唱的，不論是詩詞歌賦，或樂府、古體、近體。傳統音樂的唱腔又傾向於拖長韻尾吟詠，因而韻尾的聲音效果便顯得異常突出。特別是入聲韻尾（帶塞音 p、t、k 收尾）、陽聲韻尾（帶鼻音收尾，共鳴效果強烈）、陰聲韻尾（以元音收尾），三種不同特性的類型相互交錯搭配，可以產生種種的音響效果和韻律表現。

7.圓唇音與非圓唇音的交錯

注音符號的ㄩ、ㄨ都是圓唇音，圓唇與非圓唇（展唇）兩種類型的字，古代稱為合口與開口音。兩類交錯變化，造成唇形一開一展的規律性運動，因而呈現了節奏感。例如「蓼蓼者莪」四字的上古唸法，主要元音有〔o-o-a-a〕的變化，正是「圓、圓、展、展」的交錯。這種展圓的交替在古典詩歌中，多半情況是運用介音有〔u〕和沒〔u〕的字交替而造成優美的規律性變化。

二、如何著手分析作品的聲音美

可以分下列幾方面討論：

1.「韻」的音響效果

所謂「韻的音響效果」是指作者選擇什麼樣的韻母類型來押韻，不同的情景內容往往適合由不同的發音特性來呈現，文學家定性為「婉約」的作品，多半出現哪些韻腳？之韻？麻韻？還是束韻？傳統文評家所謂的「豪放」的作家，在用韻上如何呈現「豪放」的氣勢？開口度大的元音（例如主要元音是【a】）能表現怎樣的效果？開口度小的元音（例如主要元音是【i】）能表現怎樣的效果？作者傾向於用陽聲韻（以鼻音收尾的字，例如江陽韻）容易給人怎樣的感覺？韻尾是容易造成迴蕩共鳴的舌根鼻音（例如韻尾是【-ng】），和閉口沉悶的雙唇鼻音（例如韻尾是【-m】），都屬陽聲韻，作者又如何加以選擇運用，來和作品的情感內容相搭配？作者如何運用具有短促特性的入聲韻來強化作品的意境？陰聲韻腳選用「之韻」或「尤韻」，其音響效果能喚起怎樣的情感？關於這個問題，即所謂的「聲情之說」，前人已經做了很多的討論與研究，這裡不再重複引述。但聲情論也不能用得太泛，把某一種聲韻類型和某一種情感劃上等號。這是不妥當

的。「韻」的音響效果必須從具體作品裡去觀察分析。例如許世瑛先生曾有王粲〈登樓賦〉的音韻分析一文，正是由這個角度探索的成功範例。同一篇作品裡，情感的轉折變化，也經常會和「韻」的音效特性聯繫起來。王粲〈登樓賦〉的音韻風格正是呈現了這樣特徵。首段他選用-ju 型韻母，表達初登城樓欣賞景物的悠然；中段因思鄉之情而採用閉口沉悶的-jem型韻母；末段感慨自己的遭遇，情緒轉為悲憤不平，韻就跟著改為-jek 型韻母，這種短促的入聲正傳達了作者內心的焦迫與激動。

2.平仄交錯與聲調變化所造成的韻律風格

「平仄律」是我國古典詩詞重要的規律，從古音學的研究，我們知道平聲和非平聲的對比，是由於平聲是一種可以拖長的調子，不升也不降；仄聲是短的調子，音高或升或降，兩種很不一樣的發音，有規律地反覆出現，自然會造成節奏感。近體詩有固定格式的平仄運用，宋詞也要按固定的平仄來填，這是體裁風格。有的作品不需依定格的平仄規律，完全由作者自由設計安排，實際上就是四聲的搭配運用，由平上去入的交錯排比中傳達詩歌的音樂性。這裡就顯示了作家的個人風格，因為每個人的設計表現未必相同。即使定格的平仄詩體，作者也有顯示個人風格的空間，例如所謂「一三五不論」，以及各種格律的變通法則，正是留給作者自由揮灑的地方。黃庭堅的「拗律」的運用，正是一種風格表現的方式，詳本書「音韻風格的研究方法」。

3.「頭韻」的運用

「頭韻」（Alliteration）一詞常被誤用為「每句開頭一個字協韻的現象」，實際上它是韻律學上的專有名詞，指的是「聲母相協的現象」。可參考《牛津高級雙解辭典》（東華書局）、梁實秋《最新實用英漢辭典》（遠東圖書公司）、《大不列顛百科全書》中文版對該

詞的說解。

音韻風格的呈現，不僅僅在韻和調上，也在聲母上。韻律之美往往藉著同類的聲音一再的反覆的出現，藉此造成音調鏗鏘的效果。「押韻」的理論基礎即在此，讓一個字音的後半截在句末一再反覆出現，造成韻律上的美感。平仄的運用何嘗不是如此。近體詩定出「平平仄仄平平仄」的格式，就是認為這是最美的搭配方式，讓平、仄兩種不同的聲調形態交錯的一再反覆出現，藉以達到韻律之美。至於聲母方面，當然也可以這樣安排，讓類似的聲母在一句中有規律的反覆出現，這種現象普遍的存在古今的文學作品裡，可是傳統的文學理論，或詩詞格律的研究，很少談到這種現象，更沒有像韻母和聲調一樣，為之制定出一套「美的格式」，讓作家遵循這個格式去創作。我們進行韻律風格的分析，就不能忽略這一方面。

西方的詩歌韻律研究，把這種情況叫作「押頭韻」（alliteration）。意思是運用字音開頭部分的相似性，在反覆出現中表達了韻律感，就像在句末讓相同的「韻」反覆出現一樣的道理。

無論現代詩或古典詩歌往往有意無意的運用「頭韻」效果來造成韻律之美，例如古典詩歌作品，其中最著名的例子是蘇東坡詩：「塔上一鈴獨自語，明日顛風當斷渡」，東坡本擬乘船遠行，可是忽覺佛塔簷角的鈴鐺響個不停，原來是風吹鈴響，風勢不小，於是推斷明天渡口的船不會開了，走不成了。「顛、當、斷、渡」四字雙聲，全是舌尖塞音聲母的字，相連出現，正是代鈴作語，表現了「叮噹叮噹」清脆鈴聲，和上一句的「語」字相應，十分巧妙，也突顯了詩歌的韻律感。「顛風」就是「狂風」，東坡之所以把常用詞的「狂風」改成「顛風」，為的就是增強韻律效果。造成此詩的極特殊的風格。我們可以歸納東坡作品所用的「頭韻」頻率，藉以描述他的音韻風格特色。

至於歷來作家偶有作「雙聲詩」的，那是一種遊戲之作，未必能代表某作家的普遍語言風格。例如唐代姚合的葡萄架詩：

萄藤洞庭頭，引葉漾盈搖。皎潔鉤高掛，玲瓏影落寮。

陰煙壓幽屋，濛密夢冥苗。清秋青且翠，冬到涷都凋。

（承蒙吳疊彬先生提供：「玲瓏影落寮」的「影」字，敦煌卷子p.3597「白傳郎葡萄架詩一首」作「晈曨連落遼」）

這類作品在文學上並沒有太大價值，因為它違背了「美的原則」。「美」必須在「多樣中求統一」，聲母完全一樣，就造成過分的整齊一致，變得機械而刻板，缺乏「多樣」的變化效果。

白居易〈琵琶行〉描寫琵琶聲：「嘈嘈切切錯雜彈」一句中，聲母的搭配是 dz'-dz'-ts'-ts'-ts'-dz'-d'，正是表現了「多樣的統一」。句中有三種不同的聲母，呈現了「多樣」，但是前六個字音卻是相似的送氣舌尖塞擦音，呈現了「統一」，因此我們讀起來很有韻味。同時，這樣的發音正好也模擬了琵琶的聲音。

杜甫詩經常運用「頭韻」效果，以達到「詩律細」的目的。例如「城尖徑窄旌旆愁，獨立縹緲之飛樓」（白帝城最高樓）中，上句「尖、旌」（聲母都是舌尖音精母字）、「窄、愁」（聲母都是莊系字）四個字都屬齒音的塞擦音、下句「縹緲、飛」（聲母都是雙唇音）都是運用了頭韻。此外，「吹笛秋山風月清」（吹笛詩）中有五個字是舌尖音和舌尖面音，「瞿唐峽口曲江頭」（秋興之六）中有五個字是舌根音，也都是運用「頭韻」。又「古來傑出士，豈特一知己」（聽楊氏歌）中，後句全用塞音，而且一、三、五字為牙喉音，二、四字為舌尖音，這種間隔出現的搭配，使得韻律效果十分明顯。

4.利用雙聲疊韻詞造成的韻律風格

雙聲疊韻詞，這是漢語構詞上的一個重要特性。例如「干戈」、「參差」是雙聲詞；「逍遙」、「苗條」是疊韻詞（雙聲疊韻不一定是連綿詞）。利用這種詞彙的特性，巧妙地安排在詩歌中，可以有效地強化韻律感。文學家往往在作品中利用雙聲疊韻詞來表現韻律感。

這方面可參考本書第三章「音韻風格的研究方法」，論及「利用雙聲疊韻詞造成的韻律風格」一文。

5.由音節要素的解析看韻律風格

有些作品讀起來但覺音節鏗鏘、韻律動人，讀者一般很少能從語言學角度說出個所以然，令人感到優美的因素在哪裡？如何進行作品的韻律解析？我們惟有從語音形式上探索，依漢語的音節結構規則從事分析，才能獲得答案。

漢語言的音節結構包含了聲母、介音、主要元音、韻尾、聲調五個部分，每個部分的排比交錯，作適當的組合連接，正是韻律美的奧秘所在。就像一個熟練的精於解牛的庖丁，他知道牛的每一部分結構如何，哪一部分可以作菲力牛排，哪一部分可以作沙朗牛排。精於詩律的文學家，一樣可以把音節結構中的每一部分聲音特性和效果充分發揮出來。因此，我們作語言風格的分析也當由此入手，作精確、客觀的剖析。舉個例說，在繪畫、雕刻、建築上公認最美的四邊形，總是趨向於一個固定的比例，於是我們把這個比例精確、客觀的描述出來，四邊形兩邊的比（長與寬）是 1：1.618，大約就是長為 8，寬為 5 的方形，這就是著名的「黃金分割律」（golden section），這樣的方形就是「黃金四邊形」（golden rectangle）。我們對「美」的語言也不能僅止於感性的、主觀的欣賞，還要能理性的、客觀的說出所以然，把何以美的規律找出來。

三、作品分析的實例

前面談了理論和方法，接著再從實例中嘗試進行韻律分析。

先看看王維的〈渭城曲〉：

渭城朝雨浥輕塵

客舍青青柳色新
勸君更進一杯酒
西出陽關無故人

從這首短詩中，我們至少可以看出幾處韻律效果：

1. 每一句至少都安排了一個入聲字。即「浥、客、色、一、出」五個。形成每一個大節奏單位中都有一個短促音。

2. 韻腳是「塵、新、人」三個。

3. 第二句「青青柳色新」的聲母具有「ts'--ts'--l---s---s」的規律性變化。用邊音隔開兩組齒頭音。

4. 第三句「勸君更」是一連串的舌根塞音，形成頭韻效果。「勸君更進」四字都是陽聲韻，帶鼻音。「一杯酒」三字都是陰聲韻，不帶鼻音。音律上呈現嚴整性。

5. 第四句「陽關」屬陽聲韻，置於句子中央，其前後都是陰聲韻。而「無故」二字為疊韻。和「出」的韻母類似，構成句中韻。

下面再看看王之渙的〈登鸛雀樓〉：

白日依山盡，黃河入海流。
欲窮千里目，更上一層樓。

從這首短詩中，我們至少可以看出幾處韻律效果：

1. 第一、二句的「白日」和「黃河」在韻律上相對偶。「白日」二字都是入聲字，這可以用現代的幾種南方方言念念看而感覺出它短促的特性。而「黃河」二字的聲母在唐代相同，今天唸起來，也還是相同。

2. 第一、二句的「山盡」和「海流」在韻律上也相對偶。「山盡」兩個音節的收尾都是〔-n〕，屬陽聲韻（帶鼻音韻尾，鼻腔產生

共鳴的聲音），「海流」則屬陰聲韻。

3.「流」和「樓」押韻，同時兩字的聲母也相同。因而使兩字的發音更接近，強化了韻律感。

4.每句都安排了入聲字，單數句有兩個入聲，偶數句有一個入聲，而且偶數句這個入聲總放置在全句的中央音節。（全詩入聲字是：白、日、欲、目、入、一）

5.全詩的聲母都力求變化。各句中（除了「黃河」二字外）儘量選用了不同聲母的字。顯現了多樣化的音韻風格特徵。

下面再看看關漢卿大德歌的韻律，這首歌收入高中國文第五冊。原文如下：

> 風飄飄，雨瀟瀟，便做陳摶也睡不著。
> 懊惱傷懷抱，撲簌簌淚點拋。
> 秋蟬兒噪罷寒蛩兒叫，
> 淅零零細雨灑芭蕉。

這是元代的散曲，語言背景又和前面的作品都不同。元代屬於「早期官話」的時代，已進入「近代音」的範圍。一般都以《中原音韻》作為擬音的依據，來探討元曲的韻律。這首作品的韻律特色有下面幾點：

1.〔-au〕型的韻母的大量出現，使韻律特別明顯。例如「飄飄、瀟瀟、著、懊惱、抱、拋、噪、叫、蕉」。

2.大量使用ABB型式造語。如「風飄飄」、「雨瀟瀟」、「撲簌簌」、「淅零零」。

3.〔a〕主要元音大量使用。除了上面第1.條所列的之外，還有「摶、傷、懷、蟬、罷、寒、灑、芭」，全部共有二十字，幾乎占了一半字。

4.全詩合口字（圓唇音）特別多，再加上韻尾是〔u〕的，使得

第6章　聲韻學知識與文學賞析

非圓唇的只有「便、陳、也、傷、點、蟬、兒、罷、寒、淅、零、細、灑、芭」幾個字而已。

5.末句連續用五個細音字（高元音韻母，如〔i〕、〔y〕之類），來表示雨聲。接著又用兩個洪音字（灑、芭，都是低元音〔a〕類），造成對比性的變換。

現代詩方面，我們看看余光中的〈算命瞎子〉：

　　凄涼的胡琴拉長了下午，
　　偏街小巷不見個主顧；
　　他又抱胡琴向黃昏訴苦：
　　空走一天只賺到孤獨！
　　他能把別人的命運說得分明，
　　他自己的命運卻讓人牽引：
　　一個女孩伴他將殘年踱過，
　　一根拐杖謍盡他世路的坎坷！

這首詩分兩節，每節四行。在韻律上可以看出有下面幾個特色。

1.第一節以「午、顧、苦、獨」四字為韻腳，採逐句押韻，韻母的重現較密集。而第二、三、四句以「主顧」、「訴苦」、「孤獨」收尾，三詞都是疊韻，都以〔-u〕為韻母，更加重了這種密集性。

2.第二節以「明、引」為韻腳（江淮方言-ing，-in 不分），然後換韻，以「過、坷」為韻腳。

3.本詩使用了很多雙聲疊韻詞。例如「小巷」、「黃昏」、「坎坷」都是雙聲詞。疊韻詞見上面第 1 條。

4.頭韻（alliteration）的運用，例如第一句的「凄、琴」、「涼、拉、了」，第二句的「偏、不」、「街、見」，第三句的「胡、黃昏」，第四句的「只、賺」，「到、獨」，第五句的「把、別」、「命、明」，第六句的「卻、牽」、「運、引」，第七句的「女、

年」、「個、過」，第八句的「根、拐」。

5.句中韻的運用，例如第一句的「涼、長」、「拉、下」、「胡、午」，第三句的「胡、訴苦」，第六句的「命、引」，第七句的「伴、殘」。這些韻母在同一句中的重現，增強了朗讀時的韻律效果。

6.第二節的四行中，每行都重複用到「他」字，前兩行放在句首（後兩行句首以「一」的重現相對稱），後兩行的「他」字放在句中。同字的重複出現是現代詩常用的韻律手段，但用法卻各有不同，呈現了不同的創造風格。

我們採用這樣的分析方法，也許會有人懷疑一首優美的作品經過這樣的「支解」，美感還能存在否？欣賞者在音律上聽到的是韻律的整體，不是拆開後的「零件」。我們的看法是：語言風格學的目的原本不在於探索美不美的問題（但語言風格學卻可以用來詮釋文學家所謂的「美」或「詰屈聱牙」）。語言風格學的目的在於如實地反映作家經營聲音排比、佈置韻律搭配的個人特色。而欣賞者對聲音的感覺，正是經由一個個聲音元素貫串起來的。就好像一幅漂亮的繪畫，是由一筆一筆的色彩貫串起來的一樣。我們要研究這幅畫，不能沒有色彩學的認識。聲音組合而成的韻律也是一樣。我們受方塊漢字的影響，往往誤以為一個字就是聲音的最小單位，是整體而不可分割的，表達韻律就是一個個字的聲音的排比。其實，一個字是由好幾個聲音部分組成的，「字」只是表義單位，而聲音單位是組成音節的一個個音素。我們要揭發韻律的奧秘，必得從這些聲音單位著手。

或許還有人懷疑，聲音的「洪、細」只有兩種不同的變化，分析起來不是細音，就是洪音，這樣到底能看出什麼？我們認為，聲音要素不在其多寡，而在其如何搭配排比，這就是聲音的「結構」。語言風格學不能只講統計，列出這篇作品一共用了多少「來母」、多少鼻音字，這樣的統計意義不大。我們還應該描寫其中的規律。這就是「如何搭配排比」的問題。聲音的「結構」才是語言風格學關心的焦點。一組聲音固然可以搭配成篇，「洪、細」兩種聲音，利用其對比

的聲音效果也一樣可以搭配成篇，就好像打擊樂器，完全可以運用「強、弱」兩種音效搭配成一首樂曲。「強弱、強弱」是一種模型，「強弱弱、強弱弱」或「強弱弱弱、強弱弱弱」也是一種模型。

　　也可能有人會提出來：上古擬音各家不盡相同，是否會影響我們分析詩經韻律的結論？我們認為關係不大。因為各家擬音事實上是大同小異，對上古各類字的基本發音特色並沒有太大的差異，只是用什麼音標呈現，方式的出入而已。例如「魚部」、「歌部」古音學家都認為是〔a〕，只不過後面帶什麼韻尾的差別。又如「幽、宵」兩部李方桂、董同龢擬音差別看似很大，一位擬成圓唇舌根音韻尾，一位擬成圓唇主要元音，然而，不論用什麼音標，它們企圖掌握的關鍵是一樣的，那就是「圓唇、偏後」的特性。事實上我們分析韻律在乎的不是用什麼音標，而是背後的發音性質。這點來說，其實古音學家的研究結果並沒有太大的不同。再拿聲母來說，大家都承認「審三古讀舌頭音」，而黃侃歸之於透母，周法高、李方桂擬為〔sthj-〕，竺家寧擬為〔sdj-〕，所擬雖有不同，卻都是舌頭音。

　　從上面的討論，我們可以理解文學賞析不能缺少聲韻學的知識。尤其一個語文教學者更不能捨聲韻而不談。在各種文學體裁中特別是詩歌，詩歌教學的內容包含了兒歌、諺語、現代詩，以及《唐詩三百首》的一些作品。前三者可以用現代音朗讀而覺察其韻律性，唐詩則需經過一番指導，告知韻律效果之所在，才能更增加學生對唐詩的認識和興趣。要能把主觀的音聲感覺作客觀的解析，了解美感形成的因素，揭發韻律的奧秘，並把此類知識適度的告知學生，使其能行也能知。另一方面針對大家熟悉的唐詩，依創作當時的音響特性，點出韻律之結構與搭配，使口耳無法直接領略到的聲音之美，也能經由講解，使學生獲得相當的認識。藉這方面的傳授和訓練，可以使學習者直接感受語文之美，在琅琅上口，音調鏗鏘的旋律之中，收潛移默化之效。

　　文學作品的賞析，可以從兩個方向切入，一個是文學的角度，一

個是語言的角度。前者是綜合的、印象的、直覺的、求美的，後者是分析的、理性的、客觀的、求真的。正如一棟建築，你必須由不同的視角，才能看清它的全貌。對認識作品而言，文學的角度、語言的角度，二者是相輔相成的，惟有兩者的合作，才能全面的看清楚作品的面貌，也才能真正談文學賞析。

分析**古典詩歌**中的**韻律**

一、韻律的類型

　　詩歌是富有音樂性的篇章，我們吟詠朗讀覺得音調鏗鏘，琅琅上口，這就是音樂性。我們探索詩歌所以造成音樂性的種種因素，把它們內在規律揭發出來，這就是韻律的研究。傳統文學的「詩詞格律」，正是揭發韻律奧秘的一種知識。不過，那是從文學觀點來看問題，不是從語言學觀點看問題，而詩歌的韻律實際上是依附於語言形式上，因此，如果由專治語言學的學者來處理，運用他豐富的語言分析經驗，往往能夠更深入而全面的呈現詩歌韻律，把順口動聽的原因，具體的說出來。這方面的研究，把文學和語言結合起來，正是近年來興起的「語言風格學」的目標。語言風格學充分彌補了傳統詩詞格律的不足。它所處理的不僅僅局限在押韻、平仄、對仗諸問題上。

　　韻律風格的探索，是語言風格學的一部分。通常，它由下面幾個角度進行分析：

1. 同音的重複（Repetition）

本來，韻律的基本原則就是讓相同或相類似的聲音，有規律的反覆出現。以下所讀的各種「韻律類型」，都是這項原則的不同呈現方式而已。

這裡所謂的「同音的重複」，是說相同的字，或同音的字，在同一句中反覆出現，或是在不同句中，反覆出現，造成先後呼應搭配的效果。

2. 音節的整齊化

四言詩、五言詩、七言詩都是求音節數的整齊而設計的詩體。通過相同的音節所做的停頓，喚起顯明的節奏感，以達到聲音美的目標。五言、七言內部也有次要的停頓，造成音節、時間的次序性，例如五言多以二三的節奏呈現。有時，音節的整齊化是以較錯綜複雜的形式呈現，例如三字句／六字句／三字句／六字句，或四字句／四字句／六字句／四字句／四字句／六字句等等。

3. 押韻（Rhyme）

所謂「押韻」是幾個字之間主要元音和韻尾相同，讓它們在每句的末一字出現。有時它是逐句押韻，有時是隔句押韻，有時是交錯押韻，類型有很多種。這是詩歌表達音樂性的最普遍方式。

4. 句中韻

這是一句中有幾個字的主要元音和韻尾相同，它們之間互相協韻。至於出現在第幾個字，或出現多少次，就要看詩體和作者的應用了。這和上一種類型，出現在句末，成為「韻腳」的方式不同。

5. 雙聲疊韻詞

這是漢語構詞的一個重要特性。例如「干戈」、「參差」是雙聲詞；「逍遙」、「苗條」是疊韻詞。利用這種詞彙的特性，巧妙地安排在詩歌中，可以有效地強化韻律感。唐代的杜甫尤其擅長此道。他往往把雙聲疊韻詞安排在相對偶的位置上。例如「舊采黃花賸，新梳白髮微」中，第三四個字的「黃花／白髮」相對，因為它們都是雙聲詞。

6. 聲調的變化

聲調是漢語的特性之一，這是西方語言所沒有的成分。而聲調的本質是一種音高的變化，也就是頻律的變化，因此，它是最富於音樂色彩的語言成分。也是最能夠傳達聲音之美的成分。所以歷來的詩人都十分重視聲調的運用。傳統詩歌的平仄規律，正是運用聲調效果制定出來的。可是文學家很少去了解平仄交錯何以能造成聲音之美。原來，平聲和非平聲的對比，是由於平聲是一種可以拖長的調子，不升也不降；仄聲是短的調子，音高或升或降，二者性質迴異。「仄」字正是「不平」的意思。

講究平仄的文學題材，固然重視聲調的安置，不講平仄的「古體詩」、《詩經》、《楚辭》，一樣會重視聲調的搭配，只不過它們的格式完全自由而已。

7. 頭韻（Alliteration）

理論上言，傳統的「押韻」，是讓一個音節的後半重複出現，以達到韻律效果，一個音節的前半重複出現，也一樣可以達到韻律效果。「頭韻」正是利用這項原理。例如最有名的例子：蘇東坡詩「塔上一鈴獨自語，明日顛風當斷渡」，利用「顛當斷渡」四個ㄉ聲母的字，表現「鈴語」。又如杜甫詩「城間徑窄旌旗愁，獨立縹渺之飛

樓」（白帝城最高樓）中，「徑、旌旗」、「縹渺、飛」都運用了頭韻。又杜甫秋興之六「瞿唐峽口曲江頭」中有五個字是舌根音，也是頭韻的運用。

有時，相同的聲母，或相近似的聲母（發音方法或發音部位相同），在不同句中反覆出現，互相呼應，也可以構成頭韻的效果。

8.諧主元音（Assonance）

每個字發音強度最大的地方就是主要元音，它的音節結構的核心，也是發音的巔峯。因此，觀察主要元音在作品篇章中的分佈狀況，也可以找出韻律的奧秘。

9.諧韻尾（Consonance）

中文的發音，若依韻尾區分，有陰聲韻、陽聲韻，入聲韻幾種類型。每一類收尾音響不同，觀察作品如何運用各字的收尾發音，可以找出作者呈現韻律的風格。

10.圓唇音與非圓唇音的交錯

圓唇音是帶〔u〕的發音，例如「吳、威、國、東」等字。國語的〔y〕音，也屬於圓唇，例如「圈、月、王、軍」等字。這些字發音時，嘴唇都要圓起來，如果我們在作品中把這類字和不需圓唇的字作一個交替排列，這時，唇形就會出現規律性的交替變化，造成了節奏感。

二、九歌國殤的旋律

這首收入高中國文第三冊。楚辭的九歌，語言背景屬於上古音階段。因此，韻律的分析，第一步就得查出每個字的先秦音讀，才有可能進行次一步的韻律分析。如果依今天的唸法來了解九歌的韻律，就

完全牛頭不對馬嘴了。下面依照唐作藩《上古音手冊》，用王力的三十部分類法，注出每個字的上古音屬性。不過，原文較長，我們只截取首四句為例，其他的可舉一反三。括號中所注的三個字分別代表韻部／聲母／聲調。

    1. 操（宵清平）吳（魚疑平）戈（歌見平）兮（支匣平）

        被（歌滂平）犀（脂心平）甲（葉見入）

    2. 車（魚昌平）錯（鐸清入）轂（屋見入）兮

        短（元端上）兵（陽幫平）接（葉精入）

我們先觀察頭兩句。

⑴這兩句押的韻腳是入聲「甲、接」二字，古音〔-ap〕。

⑵在聲調方面，有一個很明顯的特色：第一句連續用了六個平聲字，這在詩歌中是很少見的現象，表現了這首歌起唱的時候，是以一種平緩的方式呈現，歌聲悠揚綿延。

⑶到了第二句開始有大量入聲出現，入聲發音短促，和平聲構成強烈的對比。第二句除了語氣詞「兮」外的六個字，有一半是入聲，而且節奏停頓處（轂、接）都以入聲收音。

⑷這兩句的主要元音絕大部分是〔a〕，這又是一個十分鮮明的特色。包含了「操（李方桂擬音為〔a〕）、吳、戈、被、甲；車、錯、短、兵、接」共十字，如兮字不算，發〔a〕的音，比率高達83%。這樣的狀況，使得這兩句在朗誦時開口度都很大，顯得很有氣勢。

    3. 旌（耕精平）蔽（月幫入）日（質日入）兮

        敵（錫定入）若（鐸日入）雲（文匣平）

    4. 矢（脂書上）交（宵見平）墜（物定入）兮

        士（之崇上）爭（耕莊平）先（文心平）

第7章 分析古典詩歌中的韻律

這兩句的特色有：

(1)第三句以入聲居於主體，除首尾兩字外，全用入聲。和首兩句連繫起來看，可以發現腔調由緩而急的變化。由一個入聲轉而三個入聲，再轉而四個入聲。平聲則依次遞減。

(2)押韻以「雲、先」為韻腳。兩字都屬先秦的「文部」字，古音都是以央元音為主要元音，以舌尖鼻音為韻尾。韻母類似今天的「恩」音。國文課本後面的注音，把「先」注為ㄒㄩㄣˊ，並不妥當，既非今音，也不合於古音。

(3)第四句的聲調恢復以平聲為主體，和首句相呼應。其中的兩個上聲（矢、士）在上古是和平聲同類的聲調，王力稱為「舒聲」，和去、入的「促聲」相對。這裡採用的是王力的系統，以去聲的「墜」視為與入聲同類。

(4)在聲母方面，第四句兮字前連續運用了三個塞音「矢（sd）、交（k）、墜（d'）」，顯得斬截有力，而兮字後又連續用了三個齒頭音「士（dz）、爭（ts）、先（s）」前後形成對比。

(5)整個四句，陽聲韻用得很少（帶鼻音收尾的字），也是它的韻律特徵之一。總共只有「短、兵、旌、雲、爭、先」六個字而已。因此，朗誦歌唱時，比較不帶鼻腔共鳴效果。

(6)在韻尾的安排設計上，採用舌根收尾和舌尖收尾交錯的形式。如「操、吳」收舌根（「兮」不算，歌部字無韻尾）、「犀」收舌尖；「車、錯、轂」收舌根，「短」收舌尖，「兵」收舌根；「旌」收舌根，「蔽、日」收舌尖，「敵、若」收舌根，「雲」收舌尖；「矢」收舌尖，「交」收舌根，「墜」收舌尖，「士、爭」收舌根，「先」收舌尖。

三、杜甫〈贈衛八處士〉的韻律

這首詩收入高中國文第二冊。我們也取前四句分析，原文如下：

人生不相見，動如參與商。
　　今夕復何夕，共此燈燭光。

　　分析唐詩，語言背景和九歌不同，唐詩屬中古音。我們應針對中古隋唐的音讀來了解其中的旋律。這首詩有下面幾點特色：

　　1.韻腳是「商、光」，但是首句在句中也安排了一個同韻的「相」作為呼應，朗誦時增強了韻律效果。同時「參」字的韻母雖不相同，卻是相近的類型。

　　2.單數句的開頭，韻母採用相近的類型，「人」為〔-jen〕，「今」為〔-jem〕；偶數句的開頭，韻母也採用了相近的類型，「動」為〔-ung〕，「共」為〔-juong〕，且「動、共」二字的聲母都屬濁塞音。這樣，使得每句開始時，聲音都能上下相諧。

　　3.「動如參與商」中「如、與」都是魚韻字，韻母念〔-jo〕，形成「句中韻」。「今夕是何夕」的兩個「夕」字，也強化了韻律性。

　　4.四句中陽聲字的比率很高，包括「人、生、相、見；動、參、商；今；共、燈、光」共十一字，而陰聲字只有「如、與；是、何；此」五字而已。朗讀時，充滿鼻音的共鳴效果，這和九歌國殤的狀況正好相反。

四、盧綸〈塞下曲〉的韻律

　　這首收入國中國文第一冊。原文如下：

　　月黑雁飛高，單于夜遁逃。
　　欲將輕騎逐，大雪滿弓刀。

　　這首詩的韻律特點包括：

　　1.每句的開頭以合口細音和開口洪音交替出現。單數句的「月、

欲」都是合口細音（而且這兩字又都是入聲），偶數句的「單、大」都是開口洪音。

2.「欲將輕騎逐」整句全是三等字，都含有〔j〕介音，造成此句的顯明特色。

3.「單于夜遁逃」一句的開合是間隔出現的形式，「單、夜、逃」是開口，「于、遁」是合口。這樣就形成了吟詠時嘴唇形狀一展一圓的規律性變化，節奏感強烈。

4.開合間隔的情況也出現在「大雪滿弓刀」一句。「大、滿、刀」是開口，「雪、弓」是合口。因此，我們知道這首詩的韻律設計，是以偶數句呈現這樣開合交替的效果。

5.首句五字中，有四個字的聲母是舌根音（除了「飛」字外），造成了頭韻效果。

6.詩中也運用了「雙聲詞」，如「遁逃」都是定母字，「輕騎」都是舌根塞音。

7.四句當中，主要元音〔a〕往往以間隔方式出現。造成規律性的「張大口形／收小口形」的變化。如果用「＋」號表示有〔a〕，「－」號表示非〔a〕（收小口形的音），情況如下：黑（－）雁（＋）飛（－）高（＋），于（－）夜（＋）遁（－）逃（＋），欲（－）將（＋）輕（－），大（＋）雪（－）滿（＋）弓（－）刀（＋）。

我們從事語文教學，或古典詩歌講授，韻律分析都是十分重要的一環。音樂性是詩歌的生命所在，如果詩歌教學只顧及內容、情感、意象的解說，顯然是不足的。古典詩歌的賞析，必須透過兩個步驟來掌握其中的韻律，一是當時語言背景的了解，二是韻律風格分析的知識。面對古典詩歌作品，我們不能只用「聲律優美，妙不可言」輕易帶過，一定得具體的說出聲音優美的所在，這樣才能滿足學生的好奇，才能把主觀的美感，用客觀的規律表達出來，經由這樣的方式，才能真正做好古典詩歌的賞析。

詩歌教學與韻律分析

一、語言知識可以提高鑑賞能力

　　詩歌教學是小學語文教育中應該重視的一環，藉這方面的傳授和訓練，可以使小學生直接感受語文之美，在朗讀上口，音調鏗鏘的旋律之中，習得許多詞彙，認識許多典故。詩歌的賞析吟詠還可以和唱遊、音樂課程結為一體，成為一種美的陶冶，收到寓教於樂的效果。

　　詩歌教學的內容包含了兒歌、諺語、現代詩，以及《唐詩三百首》的一些作品。前三者可以用國語朗讀而覺察其韻律性，唐詩則需經過一番指導，告知韻律效果之所在，才能更增加學生對唐詩的認識和興趣。

　　本文一方面針對現代韻文作韻律分析，提供教學者參考，把主觀的音聲感覺作客觀的解析，了解美感形成的因素，揭發韻律的奧秘，並把此類知識適度的告知學生，使其能行也能知。另一方面針對大家熟悉的唐詩，依當時的音響特性，點出韻律之結構與搭配，使口耳無法直接領略到的聲音之美，也能經由講解，使學生獲得相當的認識。至於講解的深度如何設定，則可由教師視學生的狀況調整，達到因材

097

第8章　詩歌教學與韻律分析

施教的目的。至於作為語文教學者，此類知識是應該完全掌握的。

詩歌韻律的自覺性分析，是近年逐漸發展中的新學科——語言風格學的一部分。這一部分一般稱之為韻律風格學。它大大地運用了語言學的觀念和方法來處理文學語言，可以為文學的研究開展一條新途徑，本文正是利用了這方面的研究成果，提供給小學語文的詩歌教學作參考，希望能對本研討會宗旨中所定的目標——「提升教材教法研究之層次，突破目前之窠臼，拓廣視野」，提供一些實質的幫助。

二、兒歌、諺語的韻律分析

「兒歌」是兒童文學的重要項目，也是小學語文教學的重要項目。「兒歌」就是「兒童歌謠」的簡稱。有人主張把「兒歌」和「童謠」分開看待，賦予不同的涵意。認為「童謠」創作之目的不是針對兒童，而是重在政治性。內容多屬動亂災荒、社會巨變，是「吉凶禍福、成敗順逆」的先知預測，或為百姓的議論、諷刺、評斷。凡此之類，稱為「童謠」。其實此類即反映民生疾苦、社會生活的「風土民謠」，未必傳誦於兒童之口。因此，名稱的使用上，兒歌、童謠應屬同義詞。

一般把童謠分為幾類：(1)搖籃曲；(2)遊戲應用；(3)練習發音；(4)知識性；(5)含教訓意義；(6)滑稽詼諧。由此可知童謠具有多方面的功能。因此，它應該是小學語文教學中不可或缺的一環。然而，我們除了在朗誦中可以感覺到它豐富的音樂性之外，也應該能自覺的說出它的韻律美在哪裡，這是語文教學者很重要的基礎素養。參考一般童謠賞析的書，多半只觸及押韻和句式兩方面而已。事實上，這只是構成韻律感的因素之一，我們還希望能透過語言分析的技術，對其中的聲音奧秘，作更具體的揭發。

下面我們選了一首小學國語五年級第九冊第二十二課的童詩試作分析。全詩有五段，現只錄前二段。（題目為「歲」）

寒風呼呼的吹，

冷雨颼颼的下。

一個返鄉的旅客，

急急的趕路回家。

雖然沒有飛舞的雪花，

寒風還是

不停的在他身上撲打。

像刀割，像針扎，

揪著他的頭髮，

刺著他的臉頰，

一陣陣，一陣陣，

他覺得又痛又麻。

這首作品在下面幾方面表現了韻律性：

1. 首句「寒、呼呼」三字具頭韻（alliteration）效果，聲母都是「ㄏ」。「頭韻」是韻律學的專有名詞，有人用來指每句開頭一個字協韻的現象，是不妥當的，那叫做「句首韻」。「頭韻」是指一句中，或全詩中，同聲母反覆出現的情況。這和企圖用韻母來達成韻律效果是一樣的。

2. 首句的「風、呼、吹」都帶有〔-u-〕元音，在全句六字中就占了四個字，使人朗讀時有如模擬風吹的樣子。

3. 第一、二句相對稱，音節的整齊化，也是表現韻律的手段之一。

4. 全詩押〔-a〕韻，韻腳字包括「下、家、花、打、扎、髮、頰、麻」。

5. 兩段在聲音上藉著四、五兩句，緊密的連繫起來：上句「回」協下句「雖」，上句「家」協下句「花」。造成了相互的呼應。

6. 第七句用了一連串的舌尖塞音（注音ㄉ、ㄊ類字）——停、

的、他、打。而「不停」又對應「撲打」，聲母一致，開頭音節「不」和「撲」音響也近似。

7.第八句由兩個對稱的小句構成，收尾的「割」和「扎」都屬單元音韻母字，也都是陰平調。

8.第九、十兩句相對稱，又同韻腳。其中第二、三、四字全同，造成重沓效果。此外，「他、的、頭」押頭韻，聲母都是ㄉ、ㄊ類。

9.第十一句也是兩個對稱的詞組。利用三個音節作一停頓，和第八句相平行。

下面再選三首童謠分析。

- 小猴子

小猴子，吱吱叫，
肚子餓得不能跳。
給香蕉，他不要。
你說好笑不好笑！

這首兒歌採用了密集的押韻：「叫、跳、蕉、要、笑」，開頭的「小」和末句的兩個「好笑」也參與了協韻。句法上用「三／三／七」的音節數，作兩次重覆。此外，「不」字間歇性的出現了三次，和「肚」字在韻母上相協。

- 小星星

一閃一閃亮晶晶，
滿天都是小星星，
好像許多小眼睛，
掛在天空放光明。

這首童謠是七言體，由四句構成。外形上像七言絕句。逐句押

韻，韻腳包括「晶、星、睛、明」。重疊效果的運用，包括「一閃一閃」、「晶晶」、「星星」。對稱效果的運用包括「亮晶晶」和「小星星」，「小星星」和「小眼睛」這六個字有五個是相同的顎化聲母ㄐㄑㄒ，且六個字全是帶〔-i〕元音。末句「天空放光明」連著五個字全是陽聲字（以鼻音收尾），造成有力的共鳴效果，而且五個字的開合呈現交替，形成「開／合／開／合／開」。唇形作有韻律的一展一圓變化。

- ● 白浪滔滔

白浪滔滔我不怕，
掌起舵兒往前划。
撒網下水到漁家，
捕條大魚笑哈哈。

這首兒歌也是七言四句的形式。韻腳「怕、划、家、哈」。首句的「白、不、怕」為頭韻，次句「掌、往」為句中韻。和首句的「浪」、第三句的「網」先後呼應，同韻相協。第三句的「撒、下、家」也是句中韻。末二句的「到、條、笑」又相互協韻。因此，音韻上先後構成一緊密的網。

下面再舉幾條諺語分析其韻律。諺語通常傳誦於民間，因此往往含有很強的韻律性，才易於記憶和流傳。

1. 天上下雨地上滑，各自跌倒各自爬。

這是依七言句式，上下對稱，句末押韻，以「滑、爬」為韻腳。各句內部也安排了「天上」和「地上」的對稱，「各自」兩次重複，造成節奏感。又「天、地、跌、倒」四字聲母類似，造成頭韻效果。

2.井深槐樹粗，街闊人義疏。

這是五言句式，音節數上下對稱。韻腳是「粗、疏」，「樹」字也加入協韻。每句末三字的聲調搭配完全相同（槐樹粗／人義疏），每句開頭（井／街）的聲母又一致。

3.文官動動嘴，武官跑斷腿。

這也是上下音節數對稱的五言句式。「嘴、腿」為韻腳，「文、武」都是「零聲母」字。十個字中，有七個是塞音（除「文、武、嘴」之外），音節顯得鏗然有力。其中「動、動、斷、腿」四字又是舌尖塞音ㄉ、ㄊ類字，可見頭韻是韻律的主要表現方式之一，在兒歌、諺語中運用得十分普遍。

三、現代詩的韻律分析

現代詩反映現代語言，它的特色是沒有一定的格式。因此，詩人有著很大的創作彈性與空間。在韻律方面，除了押韻之外，也可以運用各種不同的韻律手段，來表現詩歌的音樂性。因此，欣賞新詩的韻律，傳統的格律知識派不上用場，必須運用現代語言風格學的分析方法。

有時，一首不押韻的新詩，它也可能透過其他手段表現豐富的韻律感或節奏感。「押韻」只不過是表達音樂性的諸多途徑之一。

在小學教學中，現代詩可施於高年級的教學。「詩教」和其他的美育項目一樣，可以產生潛移默化，陶冶情性的功能。尤其現代詩，不像古典詩有語言的障礙，它使用的是社會大眾的活語言，經過老師的指導，完全可以輕而易舉的吸收接受。

下面舉幾首余光中的作品為例，分析其韻律。

● 揚子江船夫曲

　　我在揚子江的岸邊歌唱，
　　歌聲響遍了岸的兩旁。
　　我抬起頭來看一看東方，
　　初升的太陽是何等的雄壯！
　　嗨喲，嗨喲，
　　初升的太陽是何等的雄壯！

　　這首詩共有五節，這是其中第一節。標題下注明「用四川音朗誦」。韻律上可以看出有下面幾個特色：

　　1. 每句的開頭一個字，互相協韻。「我、歌、初」幾字的韻母都是單元音〔-o〕（注音符號ㄛ）。「初」字四川音是〔ts'u〕，但作者出生的南京，屬下江官話區（或稱為「江淮方言」），「初」念作〔ts'o〕

　　2. 韻腳發〔-ang〕音。包括了「唱、旁、方、壯」等字。同時以句中韻相協。如第一句的「揚、江、岸、唱」，其中「岸」雖屬〔-an〕韻母，江淮方言是「ㄢ、ㄤ」不分的，第二句也以句中韻「響、岸、兩、旁」相協，第三句是「看、看、方」三字相協。上述大批〔-ang〕音的字構成了緊密的韻律網。

　　3. 第四句以注音符號ㄥ音構成句中相協，即「升、等」二字之上下呼應。

　　4. 不同的句子中間，也有相同的韻母互相呼應。例如第一、二句的「邊、遍」（-ien韻母），第三、四句的「東、雄」（-ung韻母）。

　　5. 第三句又以「抬、頭、東」構成頭韻（alliteration），三字以相似的「ㄉ、ㄊ」聲母相搭配。

　　6. 第四句和末句完全相同，這樣的重沓反覆，也是造成詩歌韻律感的方式之一。

- **算命瞎子**

淒涼的胡琴拉長了下午，
偏街小巷不見個主顧；
他又抱胡琴向黃昏訴苦：
空走一天只賺到孤獨！

他能把別人的命運說得分明，
他自己的命運卻讓人牽引：
一個女孩伴他將殘年踱過，
一根拐杖嘗盡他世路的坎坷！

這首詩分兩節，每節四行。在韻律上可以看出有下面幾個特色。

1.第一節以「午、顧、苦、獨」四字為韻腳，採逐句押韻，韻母的重現較密集。而第二、三、四句以「主顧」、「訴苦」、「孤獨」收尾，三詞都是疊韻，都以〔-u〕為韻母，更加重了這種密集性。

2.第二節以「明、引」為韻腳（江淮方言-ing，-in 不分），然後換韻，以「過、坷」為韻腳。

3.本詩使用了很多雙聲疊韻詞。例如「小巷」、「黃昏」、「坎坷」都是雙聲詞。疊韻詞見上面第一條。

4.頭韻（alliteration）的運用，例如第一句的「淒、琴」、「涼、拉、了」，第二句的「偏、不」、「街、見」，第三句的「胡、黃昏」，第四句的「只、賺」，「到、獨」，第五句的「把、別」、「命、明」，第六句的「卻、牽」、「運、引」，第七句的「女、年」、「個、過」，第八句的「根、拐」。

5.句中韻的運用，例如第一句的「涼、長」、「拉、下」、「胡、午」，第三句的「胡、訴苦」，第六句的「命、引」，第七句的「伴、殘」。這些韻母在同一句中的重現，增強了朗讀時的韻律效果。

6.第二節的四行中，每行都重複用到「他」字，前兩行放在句首（後兩行句首以「一」的重現相對稱），後兩行的「他」字放在句中。同字的重複出現是現代詩常用的韻律手段，但用法卻各有不同，呈現了不同的創造風格。

• 七夕

　　年年到七夕漸近的季節，
　　我便向孤寂的地方藏躲。
　　有時我反覆哼一首舊歌；
　　有時往深林的深處默坐；
　　但有時心頭迸出了羅蒂，
　　便不禁剎那間淚雨滂沱。
　　年年到七夕漸近的季節，
　　請莫到幽靜處前來找我。

　　這首詩共有五節，這裡只錄第一節。在韻律上有下面幾點特色。

　　1.這一節由八句組成，最明顯的特色是每句都正好十個字，漢語是單音節，所以字數的整齊，也就是音節的整齊。古代的四言詩、五言詩、七言詩正是利用這種特性表現節奏感的。

　　2.相同字句的重沓，是這段作品的主要風格之一。第一句可以視為音律上的「主題」，在第七句的位置，主題再現。在中間的伸展部分，連續三句使用了「有時……」的句法，造成韻律性的重複。（第四句的兩個「深」字亦然）

　　3.作為主題的第一句，以及再現的第七句，有著巧妙的音律設計。「年年」是重疊詞，「七、夕、漸、近、季、節」六字的聲母全是顎化音ㄐㄑㄒ。因此讀來特別順口。

　　4.韻腳字是「躲、歌、坐、沱、我」，採不規則的押韻型式。第二句、第三句的「我」，第四句的「默」，第五句的「羅」，第八句

的「莫」都以句中韻的方式與韻腳相呼應。

　　5.另有一群〔-ou〕韻母的字，在句中相協。如第三、四、五句的「有」，第三句的「首、舊」，第八句的「幽」。

　　6.第二句的「向、方、藏」三字，韻母相協；「寂、的（-i）、地」三字相協。

　　7.第六句「剎那」為疊韻詞。第一句「季節」、第三句「反覆」為雙聲詞。

　　8.頭韻效果除了上面提到的主題句之外。第五句的「但、頭、蒂」，第六句的「便、不、滂」都是。

四、唐詩的韻律分析

　　許多小學生從低年級開始，就朗讀、背誦《唐詩三百首》，像李白的「床前明月光」、孟浩然的「春眠不覺曉」、王之渙的「白日依山盡」、柳宗元的「千山鳥飛絕」，幾乎每個小朋友都能琅琅上口，流利的背誦出來。這種情況尤其在都市裡特別顯著。城市裡，教育和經濟水平都高，對孩子的教育較為重視，有的家長把孩子送到「兒童才藝中心」學習，有的國小在教學中傳習。幼兒能讀上幾句唐詩，成為時髦，或「有教養」的標誌。

　　小學生讀唐詩，若能經過適當的輔導，解說其中的涵意、分析其中的韻律，那麼，孩子的體會就更深刻，特別是逐漸進入高年級，領悟力較強的時候。

　　不過，唐詩的韻律教學，和前兩節所談的童謠、新詩有些不同的是語音背景的差異。唐詩是用一千多年前的語言寫的，一千年來的語音變化很大，用現代音朗讀，韻律感已喪失了大半。因此，指導者應適當的點出韻律所在。當然，我們不能夠要求小學生依唐代的發音來念唐詩，這在專設的社團中也許可以做到，卻不能作為普遍教學的目標。我們需要做的，是讓他依然照現代音念，在認知上，讓他曉得原

先哪些地方具有哪樣的聲音效果，必要時，由指導者示範給他聽聽，這樣更可以誘發他的學習興趣。那麼，作為一位指導者，有關唐詩韻律的知識，就不可或缺了。所謂唐詩韻律，還不僅僅是傳統文學所談的平仄、押韻諸問題，我們更應該注意現代「語言風格學」的知識。它給了我們傳統格律分析所不能及的寶貴知識。

地域性的方言往往保存了古音，這是大家都知道的。那麼，我們是否可以用方言來朗讀，從中體會原有的韻律感呢？我們的看法是，可以試試，但效果仍舊有限。因為無論是粵方言、閩南話、客家話、吳方言，都只部分保留古音，和真正的「唐音」還有相當距離。中國的幾個南方方言都是「方言層」堆積而成，形成過程往往是多元的，而非單一的，其中包含了複雜的時空因素。例如閩南話，它既含有三國時代的吳方言，又含有東晉的河洛話，又含有唐代的河南話，混合後再經歷千餘年的變化而成。因此，它實際上包含了中國歷史上不同時代、不同地區的語音成分。所以，唐詩韻律的賞析，方言只可以作為參考，我們可以用多種方言朗讀比較，最後仍得由真正的唐音知識入手分析唐詩韻律。

下面先看看王之渙的〈登鸛雀樓〉：

白日依山盡，黃河入海流。
欲窮千里目，更上一層樓。

從這首短詩中，我們至少可以看出幾處韻律效果：

1. 第一、二句的「白日」和「黃河」在韻律上相對偶。「白日」二字都是入聲字，這可以用南方方言念念看而感覺出它短促的特性。而「黃河」二字的聲母在唐代相同，今天念起來，也還是相同。

2. 第一、二句的「山盡」和「海流」在韻律上也相對偶。「山盡」兩個音節的收尾都是〔-n〕，屬陽聲韻（帶鼻音韻尾，鼻腔產生共鳴的聲音），「海流」則屬陰聲韻。

3.「流」和「樓」押韻，同時兩字的聲母也相同。因而使兩字的發音更接近，強化了韻律感。

4.每句都安排了入聲字，單數句有兩個入聲，偶數句有一個入聲，而且這個入聲總放置在全句的中央音節。（全詩入聲字是：白、日、欲、目、一。）

5.全詩的聲母都力求變化。各句中（除了「黃河」二字外）盡量選用了不同聲母的字。顯現了多樣化的音韻風格特徵。

我們再看看另一首王維的五言律詩〈觀獵〉：

> 風勁角弓鳴，將軍獵渭城。
> 草枯鷹眼疾，雪盡馬啼輕。
> 忽過新豐市，還歸細柳營。
> 迴看射鵰處，千里暮雲平。

這首詩的韻律效果有下面幾項：

1.全詩八句，有五個韻腳字：鳴、城、輕、營、平。都是收舌根鼻音韻尾-ng。而且都帶有-j-的介音。

2.頭一句的五個字全是舌根收尾（「角」收-k，其他收-ng），其聲母除「鳴」字外，都是塞音（「風」字唐代念p-聲母，等於注音符號的ㄅ）。短截響亮的塞音，配上具有共鳴效果，迴盪不絕的鼻音收尾，使第一句顯得格外響亮有力。充分表現了「風勁」和「弓鳴」的氣勢。

3.第五、六、七句連續以相同的聲音開頭：忽過、還歸、迴看。這三組字全是舌根聲母組成，而且前一字都是舌根擦音，後一字都是舌根塞音。

4.第一、二句都安插了一個入聲字，而且都安插在正中央的位置。形成了：「長——長——短——長——長」的節奏效果。

5.第三、四句運用了比較密集的舌尖輔音：疾（dz-t）、雪（sｔ）、盡（ts-n）、啼（d'）。使發音點不斷落在舌尖位置上。

　　除了上面兩首詩，我們再舉幾句「聲韻對偶」的現象看看。對偶（或稱「對仗」）是傳統詩詞的特色之一，但一般作賞析的，多只注意意義方面的相對，很少留意聲韻上的相對，這是很可惜的。因為「音樂性」是詩歌的生命，不宜略而不論。下面引用兩個杜甫的詩句，看看「晚節漸於詩律細」是怎樣個狀況。

　　　　短牆若在從殘草，喬木如存可假花。

　　「短牆」二字是陽聲韻，「喬木」與之相對，為陰聲韻。「若在」對「如存」，聲母都是「鼻塞擦音的日母字加上舌尖濁塞擦音的從母字」。「從殘草」三字聲母都是舌尖塞擦音（相當於注音符號ㄗ、ㄘ之類），相對的「可假花」三字聲母全是舌根音，主要元音全是〔a〕。

　　　　霜黃碧梧白鶴棲，城上擊柝復烏啼。

　　這兩句開頭的「霜黃」疊韻，相對的「城上」雙聲（聲母都是舌面濁擦音）。兩句的第三字：「碧」和「擊」都是安排短促的入聲。「白鶴」的音韻結構是「雙唇濁塞音加上舌根濁擦音」，相對的「復烏」二字也是雙唇音加上喉音。兩句的末字：「棲」和「啼」押韻。這兩句在意義上、語法上並不對仗，可是在音韻上卻對仗的十分工整。

　　唐詩韻律的分析，需要一些古音知識，這是教學者應加掌握的。這方面可以參考拙著《聲韻學》一書（國立編譯館，部編大學用書，五南圖書公司印行）。有關唐詩的韻律分析，還可參考拙著〈岑參白雪歌的韻律風格〉一文（見《中國語文》第 436 期，台北）、〈語音分析與唐詩鑑賞〉一文（見《華文世界》74 期，台北）。

【參考書目】

1. 兒歌百首，喻麗清，爾雅出版社，1987。

2. 中國兒歌，朱介凡，純文學出版社，1977。

3. 童謠圖畫曲集，黃孝石，國語日報，1975。

4. 中國民謠選集，許牧野，學生書局，1971。

5. 中國俗文學叢刊第一集第七冊，朱自清（中國歌謠），世界書局，1974。

6. 童謠探討與賞析，馮輝岳，國家出版社，1982。

7. 中國兒歌研究，陳正治，親親文化公司，1992。

8. 中國歌謠論，朱介凡，中華書局，1974。

9. 五十年來的中國俗文學，婁子匡，朱介凡，正中書局。

10. 兒童文學創作與欣賞，葛琳，康橋出版社，1980。

11. 民間歌謠集，朱雨尊，世界書局。

12. 中國兒歌三百首，謝武彰，將軍出版社。

13. 創作兒歌專輯，馬景賢等，理科出版社。

14. 兒童藝術歌曲集，黃友棣，三民書局。

15. 國小國語課本，國立編譯館，台灣書店。

16. 兒童詩歌的原理與教學，宋筱惠，五南圖書公司，1991。

17. 台灣兒歌，廖漢臣，省府新聞處，1980。

18. 台灣民謠，簡上仁，省府新聞處，1984。

19. 童詩百首，林煥彰，爾雅出版社，1980。

20. 兒童詩選讀，林煥彰，爾雅出版社，1981。

21. 中國俗文學概論，楊蔭深，世界書局，1980。

22. 中國兒歌的研究，褚東郊，明倫出版社，1971。

23. 兒童詩研究，林鍾隆，益智書局，1977。

24. 兒童詩論，徐守濤，東益出版社，1979。

25.兒童文學研究，吳鼎，台灣教育輔導月刊社，1965。

26.兒童文學的認識與鑑賞，傅林統，作文出版社，1979。

27.兒童的文學教育，王萬清，東益出版社，1977。

28.中華諺語志，朱介凡，商務印書館，1989。

29.中國俗語大辭典，上海辭書出版社，1989。

30.余光中詩選，余光中，洪範書店，1992。

31.岑參白雪歌的韻律風格，竺家寧，中國語文 436 期，1993.10。

32.語音分析與唐詩鑑賞，竺家寧，華文世界 74 期，1994.12。

33.語言風格學之觀念與方法，竺家寧，紀念程旨雲先生百年誕辰學術
　　研討會論文集，師大國文系主編，台灣書店，1994。

34.古音之旅，竺家寧，國文天地雜誌社，1987。

35.聲韻學，竺家寧，國立編譯館，部編大學用書，五南圖書公司，
　　1991。

通俗作品中的聲音美

一、韻律是詩歌教學的關鍵

　　詩歌教學的內容包含了兒歌、諺語、現代詩，以及《唐詩三百首》的一些作品。前三者可以用國語朗讀而覺察其韻律性，唐詩則需經過一番指導，告知韻律效果之所在，才能更增加學生對唐詩的認識和興趣。通常，可由下面幾個角度進行分析：同音的重複、音節的整齊化、押韻、句中韻、雙聲疊韻詞、聲調的變化、頭韻、諧主元音、諧韻尾、圓唇音與非圓唇音的交錯等。

二、童詩、童謠的聲音奧祕

　　下面我們選了幾首童謠試作分析。

● 過城門

城門城門幾丈高？
三十六丈高

騎花馬，挎大刀

走你家城門操一操

不准操

操一回

咚咚鏘，逮住一個小毛賊

這首兒歌採用兩組押韻：「高、刀、操」和「回、賊」。整首詩大量使用開口度最大的〔a〕為主要元音，例如「丈、三、花、馬、大、家、鏘、逮、毛」等第三句「花馬」為疊韻詞，「大刀」為雙聲詞。前後形式上對稱。

• 天井有個荷花缸

四合院，牆靠牆

我家天井四角方

八哥叫，梔子香

中間有個荷花缸

荷花荷花結蓮子

飛來一隻金鳳凰

這首童謠基本上是七言體，由六句構成。韻腳包括「牆、方、香、缸、凰」。第二句以舌面前塞擦音隔字跳躍出現，展現韻律。包括「──家──井──角」。第四、五句雙聲詞「荷花」連續三次出現，也展現了韻律。

• 小板凳（福建童謠）

小板凳吶，一歪歪呀

我到南海做買賣呀

掙了錢呀，拿不動吶

借掛火車

往家送吶

（以上三首見《中國民間童謠》至鼎文化出版社，1992）

這首兒歌韻腳用「吶、呀、車」。「車」字在閩方言中，韻母是〔-ia〕。第一、二句中使用了〔-ai〕的句中韻，包括「歪、海、買、賣」諸字。同時，在聲調方面，這兩句不斷用「上一去」的模式重複出現：板凳、我到、海做、買賣。當朗讀的時候，形成一種特殊的韻律效果。後三句的末尾「動吶」、「送吶」又構成了韻律上的呼應。

下面再看看諺語的韻律。諺語通常傳誦於民間，因此往往含有很強的韻律性，才易於記憶和流傳。

不聽老人言，吃虧在眼前。

1. 這是依五言句式，上下對稱，句末押韻，以「言、前」為韻腳。句內又安排了「眼」字和「言、前」在韻上相呼應。

2. 上下兩句聲調方面都以兩個陰平音節開頭，以陽平收尾。

3. 在主要元音方面，兩句張口最大之處都落在正中間的音節，也就是「老」和「在」字。二字的主要元音都是〔-a-〕。其他都是開口度小的字。主要元音是一個音節的核心，決定音節特點的主要因素，因而這兩句諺語在朗誦中，張口度都經過「小——大——小」的規律性變化，突顯了韻律感。

三、如何欣賞徐志摩的「偶然」

現代詩，不像古典詩有語言的障礙，它使用的是社會大眾的活語言，經過老師的指導，完全可以輕而易舉的吸收接受。

下面舉徐志摩的作品「偶然」為例，分析其韻律。

　　　　我是天空裡的一片雲
　　　　偶而投影在你的波心

　　這首詩共有九行，這是其中頭兩行。韻律上可以看出有下面幾個特色：

　　1.兩句的開頭都是零聲母字，包含「我、偶、而」幾字。頭一句的末字也是零聲母，形成以雙聲效果把兩句的音韻貫串起來。連續的「雲、偶、而、影」幾字在短距離中出現，產生明顯的頭韻效果。

　　2.首句的「裡」和「一」協韻，「天」和「片」協韻。造成了句中韻現象。

　　3.第二句的「影、你、心」三字，主要元音完全一樣，都是〔i〕。和首句的「裡、一」又遙相呼應。使兩句中具有一連串的以〔i〕為核心的音節。

　　　　你不必訝異
　　　　更無需歡喜

　　這兩句在韻律上可以看出有下面幾個特色：

　　1.第一句中以「不、必」二字雙聲，「訝、異」二字雙聲，「你、必、異」三字疊韻，故讀來音韻鏗鏘，音樂性強烈。

　　2.第二句字數和首句一致。「無需」二字皆屬單元音韻母，且都屬合口。和上句雙聲的「不必」位置相應。

　　3.兩句的末字「異、喜」押〔i〕韻。

　　4.兩句中張口度最大，以〔a〕為主要元音的音節，正好都落在第四字「訝、歡」上。其前、其後都是張口度最小的〔i〕和〔u〕的音節。包含「你不必——異」、「無需——喜」諸字。造成朗讀時嘴巴「小——大——小」的規律性變化。

在轉瞬間消滅了蹤影
你我相逢在黑夜的海上
你有你的，我有我的方向
你記得也好，最好你忘掉
在這交會時互放的光亮

這幾句在韻律上有下面幾點特色：

1.「轉瞬間」連續三字都是收〔-n〕韻尾的陽聲字。「蹤影」二字都是收〔-ng〕韻尾的陽聲字。使得第一句成為「陰──陽──陰──陽」間隔的韻律。鼻音與非鼻音交錯出現。

2.第一、二句之間音韻上往往對應，如「滅」與「夜」，「蹤」與「逢」。

3.首句的聲母基本上為塞擦音與擦音組成。亦即傳統語音分類的「齒音」。沒有一個塞音字，這在音響效果上是很不相同的音類。因而此句念起來聲音較柔和。

4.第二、三句音韻上也有密切的連繫。韻腳「上」與「方、向」協韻。又和第四句的「忘」，第五句的「光亮」協韻。這類發音又和第二句的「相」、第五句的「放」相互呼應，形成一個〔-ang〕韻的網絡。

5.第二、三、四句都以「你」字開頭。第二句的「你我」在第三句中擴展為「你有你的，我有我的」句式。第四句「你」字又作兩次出現。這些構成了「你──我──你」的音韻網絡。

6.第二句中的「黑、海」雙聲，「在、海」又疊韻。

7.第四句不只是「你─你」相應，還有「好──好──掉」相應，同時「你記」二字又疊韻。

8.末句「在這交」運用了一連串的塞擦音，「會時互放」則運用了一連串的擦音，「的光」又運用了一連串的塞音。韻律上表現了整齊的變化。

四、渭城曲和泊秦淮

讀唐詩，若能經過適當的輔導，解說其中的涵意、分析其中的韻律，那麼，學習者的體會就更深刻。

下面先看看王維的〈渭城曲〉：

渭城朝雨浥輕塵
客舍青青柳色新
勸君更進一杯酒
西出陽關無故人

從這首短詩中，我們至少可以看出幾處韻律效果：

1. 每一句至少都安排了一個入聲字。即「浥、客、色、一、出」五個。形成每一個大節奏單位中至少都有一個短促音。

2. 韻腳是「塵、新、人」三個。

3. 第二句「青青柳色新」的聲母具有「ts'-ts'-l-s-s」的規律性變化。用邊音隔開兩組齒頭音。

4. 第三句「勸君更」是一連串的舌根塞音，形成頭韻效果。「勸君更進」四字都是陽聲韻，帶鼻音。「一杯酒」三字都是陰聲韻，不帶鼻音。音律上呈現嚴整性。

5. 第四句「陽關」屬陽聲韻，置於句子中央，其前後都是陰聲韻。而「無故」二字為疊韻。和「出」的韻母類似，構成句中韻。

我們再看看另一首杜牧的七言絕句〈泊秦淮〉：

煙籠寒水月籠沙
夜泊秦淮近酒家
商女不知亡國恨

隔江猶唱後庭花

這首詩的韻律效果有下面幾項：

1. 每一句正好安排了一個入聲字。即「月、泊、不、隔」四個字。形成每一個大節奏單位中都有一個短促音。

2. 韻腳字是：「沙、家、花」。屬於開口度大的〔a〕類。全詩中主要元音〔a〕的字比率很高，形成這首詩的特色。如「煙、寒、月、夜、泊、淮、商、亡、江、唱」的主要元音都是〔a〕。可以想像朗讀這首詩的時候，音節必然是十分響亮。

3. 第一句「煙籠寒水」和「月籠沙」在聲母方面是對稱的。都是「牙喉音──來母字──擦音」的結構（「煙」和「月」唐代都是牙喉音聲母）。因此這句朗讀起來別具對稱之美。

4. 第四句「隔江」為雙聲詞，「江、唱」又屬疊韻。

除了上面兩首詩，我們再舉幾句「聲韻對偶」的現象看看。對偶（或稱「對仗」）是傳統詩詞的特色之一，但一般作賞析的，多只注意意義方面的相對，很少留意聲韻上的相對，這是很可惜的。因為「音樂性」是詩歌的生命，不宜略而不論。下面引用杜甫的詩句，看看「晚節漸於詩律細」是怎樣個狀況。

信宿漁人還泛泛
清秋燕子故飛飛

這兩句的聲韻對偶情況，乍看之下，只表現在「泛泛」和「飛飛」，事實上，其韻律的對仗尚不僅此。「信宿」都是舌尖擦音聲母字，相對的「清秋」都是舌尖塞擦音字。「漁人還」和相對的「燕子故」在聲母上都是「牙喉──舌尖──牙喉」的次序。而其韻母的陰陽（帶鼻音與不帶鼻音）又是相對的，「漁人還」是「陰──陽──陽」相對的「燕子故」是「陽──陰──陰」。此外，「泛泛」與

「飛飛」聲調方面平仄相對之外，其聲母都是一樣的〔p-〕音，介音都是三等合口的〔-ju-〕。

語音分析與唐詩鑑賞

　　由於印刷的發達，書店裡陳列的各種詩詞賞析的書，愈來愈精美，愈來愈具有視覺上的吸引力。在內容設計、編排、豐富的色彩、動人的插圖吸引下，中小學生接觸詩詞的機會更多了。尤其是《唐詩三百首》，幾乎成為人手一冊的基本讀物；讀唐詩，的確能收到怡情養性，潛移默化的陶冶功能，是美育的重要一環。

　　但是，現在一般說唐詩、讀唐詩的人多以解釋文句內容，分析情感背景為主，較少注意其語言形式的賞析。詩之所以為詩，具有音樂性為其特徵，它原本應當是音調鏗鏘，琅琅上口，具有節奏韻律的篇章。因此，我們讀唐詩，不能忽略這方面的知識。傳統的詩詞格律之學，因拘限於對語言的認識，仍不能充分的滿足這方面的需要，因此，我們可以吸取現代語言學，特別是語音學方面的成果，運用語言風格學的觀念和方法，進行對唐詩韻律的再認識。下面就舉出幾方面談談，透過語音分析，希望有助於唐詩的鑑賞。取材以杜甫作品為主。

一、 頭韻的運用

　　傳統的押韻是表達韻律的一個最普遍方法。押韻的原理，是利用

一個字音的後半截,使之在句末有規律的反覆出現。那麼,如果用一個字音的前半截,也就是所謂的「聲母」,是否也能達到同樣的效果呢?當然可以,這就是「頭韻」──利用同聲母或類似的聲母反覆出現,以造成聲音上的美感。我們看看杜詩在這方面的運用。

　　吹笛秋山風月清。(吹笛)

　　此句的前四字連續都是舌尖音聲母,或舌尖面音聲母。第五、六字(風、月)休息兩個音節後,最末一字「清」又是一個舌尖音聲母。這樣的聲音效果配合了大量的平聲字(只有「月」、「笛」二字為入聲),充分傳達了笛聲的綿延悠揚。

　　響下清虛裡。(聽楊氏歌)
　　老夫悲暮年。(同上)
　　金管迷宮徵。(同上)

　　這三句當中,都布置了三個同類聲母的字,造成頭韻效果,使各句有五分之三的字聲母相似。首句的「響、下、虛」都是舌根擦音,次句的「夫、悲、暮」都是雙唇音(「夫」字唐代含P音),末句的「金、管、宮」都是舌根塞音K-。

　　古來傑出士,豈特一知己。(聽楊氏歌)

　　此句十個字中,有七個字是塞音(一種爆發音),只有「來、出、士」不是。

二、音韻上的對偶現象

　　對仗或對偶是傳統詩歌講求的韻律手段之一。通常賞析者只注意其意義上的對稱，較不注意音韻上的對偶，因而錯過了許多潛藏在詩歌中的聲音之美。尤其杜詩，所謂「晚節漸於詩律細」，不能只從傳統的詩詞格律上找答案；杜甫對音韻的講究和安排，很多是在格律知識之外的，必須從韻律風格學著手尋求。

　　　1.舊采黃花賸，新梳白髮微。（九日諸人集於林）
　　　2.支離東北風塵際，漂泊西南天地間。（詠懷古蹟之一）
　　　3.庾信生平最蕭瑟，暮年詩賦動江關。（同上）
　　　4.千載琵琶作胡語，分明怨恨曲中論。（同上之三）
　　　5.信宿漁人還汎汎，清秋燕子故飛飛。（秋興之三）
　　　6.蕭瑟唐虞遠，聯翩楚漢危。（偶題）
　　　7.自湖之反持干戈，天下學士亦奔波。（寄柏學士林居）

　　首句「黃花」都是舌根擦音聲母，下句相對應的位置上，有「白髮」一詞，都是雙唇音P-聲母字，且都是入聲字。第二句「支離」疊韻，下半句相對之處有「漂泊」，都是雙唇塞音P-聲母。第三句的「蕭瑟」為 S-聲母，和下半的「江關」為 K-聲母，構成音韻上的對仗。第四句，「千載」是舌尖塞擦音，和下半的「分明」為雙唇音相對仗，「琵琶」為P'-聲母，和下半的「怨恨」為牙喉音相對仗。第五句「信宿」為 S-聲母，和下半「清秋」為 ts'-聲母相對仗，加上「汎汎」、「飛飛」的重言對仗，使此二句的音韻效果十分明顯。第六句「蕭瑟」的S-聲母和下半的「聯翩」疊韻也是對偶的安排。第七句「干戈」的K-聲母，和下半的「奔波」為 P-聲母相對仗。

　　其他杜詩的例子如：

1. 不為困窮寧有此，祇緣恐懼轉須親。
2. 短牆若在從淺草，喬木如存可假花。
3. 鄉里衣冠不乏賢，社陵韋曲未央前。
4. 晴雲滿戶團傾蓋，秋水浮階溜決渠。
5. 霜黃碧梧白鶴棲，城上擊柝復烏啼。
6. 江山故宅空文藻，雲雨荒台豈夢思。

　　首句的「困窮、此「和「恐懼、親」相對偶。次句的「從殘草」和「可假花」（皆-a韻母）相對。三句的「里衣冠不」和「陵韋曲未」相對。四句的「晴、滿戶、傾蓋」和「秋、浮階、決渠」相對。五句的「霜黃碧、城上擊、復烏啼」相對。六句的「故宅空文藻」和「荒台豈夢思」相對。

　　以上這六個例子你能說出它們在語音上對仗的奧秘嗎？請試著分析看看。有時候，語音的相對性也會出現在一句裡頭，例如：

　　　獨立縹緲之飛樓。（白帝城最高樓）

　　前三字的聲母關係是t-l-p，末三字是t-p-l，同樣三個輔音，以不同的排列方式反覆出現，造成韻律上的美感。其中「之」字即今之「的」字，中古音的口語中應念為t-聲母。

三、雙聲疊韻詞的運用

　　除了前一節中所提到的例子有許多是雙聲疊韻詞之外，在上下沒有對仗的句子中，也常有雙聲疊韻詞出現，例如：

　　　風飄律呂相和切（吹笛）
　　　日繞龍鱗識聖顏（秋興之五）

首句前兩字是 p'-聲母，三、四字是 l-聲母，兩對雙聲字連續使用，兼有擬聲的作用。描寫風聲「拍拉！拍拉！」的響。次句的「日繞」雙聲，「龍鱗」雙聲，這種情況在唐詩中十分普遍。

四、杜甫七律〈登高〉的語音分析

就各別句子作分析，這節我們取一首大家最熟悉的作品〈登高〉，從整體搭配上來看看它的韻律。

> 風急天高猿嘯哀，渚清沙白鳥飛迴。
> 無邊落木蕭蕭下，不盡長江滾滾來。
> 萬里悲秋常作客，百年多病獨登台。
> 艱難苦恨繁霜鬢，潦倒新停濁酒杯。

我們就下列幾方面來分析：

1. 八句中有五句以唇音開始，包括一、三、四、五、六句的第一個字：「風、無（m-）、不、萬（m-）、百」。第七、八句雖不以唇音始，卻以唇音收，如「鬢、杯」皆p-聲母字。構成了一個嚴密的唇音網絡，前後相呼應。第二句之首尾皆非唇音，中間卻夾雜兩個唇音字「白、飛」，與前述的網絡相呼應。這種情況還有第五、六、七句中間的「悲、病、繁（b'-）」相搭配，形成了更大的一個雙唇音網絡系統。唇音字在五音中原本字數是最少的，在這首詩裡卻這樣頻繁的出現，而且呈現規律分布，這完全不是偶然的，這正是杜甫作品音律細緻之處。

2. 首句的塞音字包括「風、急、天、高、哀」，占了全句字數的七分之五。這樣的音響，正和風的急、猿的哀所呈現的情感氣氛相一致。類似的情況也在第六句出現。「百年多病獨登台」七字中，除了「年」之外，全是塞音，占了全句字數的七分之六，更高於第一句。

而其中有四個是舌尖塞音:「多、獨、登、台」,有似一連串的嘖嘖嘆息,和內容所欲強調的衰老(百年)、多病、孤獨(獨登台),在氣氛上也是相一致的,我們在朗讀這一句時,一個個的聲音都像敲擊在心坎上,一聲一悲痛,造成無限淒楚的效果。

3.頭兩句我們也可以看出相互連繫成網狀的音韻效果。「急」和「高」都是k-聲母,「高」和「嘯」同韻,和下半句的「鳥」又遙相呼應。下半句「白」和「飛」聲母皆雙唇塞音,「飛」和「迴」又韻母類似。

4.第三、四句音韻的對偶十分工整。二句的首字皆雙唇音,次字皆收-n的陽聲字,然後「落木」兩個收-k韻尾的入聲字對「長江」兩個收-ng韻尾的陽聲字,重疊詞「蕭蕭」是收-u的陰聲字,和「滾滾」收-n的陽聲字相對,清仇兆鰲《杜詩詳注》提到此二句,說「落、下」二字似犯重,若以「木葉」對「江流」,庶免字複。可是我們想想,「木葉」二字,一收-k尾,一收-p尾,「江流」二字,一屬陽聲韻,一屬陰聲韻,音韻上完全失去了諧和對比的效果。完全比不上杜甫的原句。這點是傳統的格律學者未能發現的。

5.第五、六句也具有音韻的對偶性。「萬」、「百」是雙唇音相對,「作客」是入聲,和「登台」兩個舌尖塞音相對。

6.末兩句的音韻對仗也相當講求,「艱難」疊韻,和「潦倒」也是疊韻的相對。「苦恨」雙聲,都是舌根聲母,和都是舌尖聲母的「新亭」相對(這是較鬆散廣義的雙聲)。「繁霜鬢」都是鼻音收尾的字,和非鼻音收尾的「濁酒杯」相對,同時,末字以唇音的「鬢」和唇音的「杯」相對。

以上我們借用杜甫的作品作了一些語音分析的討論,從這些討論可以充分體會「晚節漸於詩律細」的具體狀況。當然,由於語言的變遷,我們想有效的進行這樣的分析,還得先對唐代的語音狀況有一些了解,這方面的知識可以參考筆者編寫的《聲韻學》(部定大學用書,五南圖書公司出版)、《古音之旅》(萬卷樓圖書公司出版)二書。

至於韻律風格學，是一門新興的學科，它是語言風格學的一支，透過這方面知識的掌握，開展了文學作品研究的新途徑，值得我們重視。

從語言風格學看杜甫的秋興八首

一、杜甫秋興的韻律分析

• 第一首的音韻分析

1. 首兩句「玉露凋傷楓樹林，<u>巫山巫峽氣蕭森</u>」，大量使用帶〔u〕音的字，句末又都用〔-m〕韻收尾。形成明顯的合口音效。（只「傷、山、氣」三字無合唇成分）

2. 次兩句「江間波浪兼天湧，塞上風雲接地陰」，首二音節為〔k-〕聲母之雙聲詞。兩句之第三字都以〔p-〕聲母字相對應，第六字皆以舌頭音字相對應。兩句皆以洪音開頭，而以一連串之細音字收尾。

3.「叢菊兩開他日淚，孤舟一繫故園心」，兩句皆首尾帶〔u〕音，中間幾個音節屬開口。又「菊／孤／故」三字發音近似，上下相呼應。

4.「寒衣處處催刀尺，白帝城高急暮砧」，「處處」和「尺」皆雙聲，「高、急」也雙聲。

語言風格與文學韻律

• 第二首的音韻分析

1.「夔府孤城落日斜，每依北斗望京華」，其中「府孤」二字主元音相同，都是〔u〕。下句的「依北斗」三字主元音也相同，都是央元音。韻腳字「斜、華」以〔a〕為主元音，下句的末三字也都是帶有〔a〕為主要元音的字，和韻腳字相呼應。

2.「請看石上藤蘿月」，句中「石上」二字雙聲。

• 第三首的音韻分析

1.「千家山郭靜朝暉，日日江樓坐翠微」，上下二句都有兩個舌尖塞擦音的字相搭配：上句的「千、靜」，下句的「坐、翠」，收尾的「暉、翠微」韻母相似。

2.「信宿漁人還泛泛，清秋燕子故飛飛」，上句的頭兩字「信宿」雙聲，下句的頭兩字「清秋」也雙聲。「泛泛」和「飛飛」不但以重疊詞相對，聲母也都是唇音，介音都屬三等合口，只韻尾陰陽相對。這種上下句陰陽相對的情況還見於「漁人還」和「燕子故」三個音節之間。

3.「匡衡抗疏功名薄」，全句除「疏、薄」舌根塞音收尾二字外，全是舌根鼻音收尾的字，不斷的鼻腔共鳴，形成很特殊的音響效果。而「匡衡抗、功」等字又同時具有舌根音聲母，這種舌根部分發音的密集出現，造成此句的顯著風格。

• 第四首的音韻分析

1.「百年世事不勝悲」，其中「百、不、悲」聲母相同、「世、勝」聲母相同，組合成頭韻（alliteration）。

2.「王侯第宅皆新主，文武衣冠異昔時」，前句開頭的兩個音節雙聲，都是舌根濁擦音聲母；後句同一位置的「文武」也採用了雙聲詞，都是雙唇鼻音聲母。前後相聯造成音韻上的對仗現象。而且杜甫

運用的是發音部位「前／後」的對立：舌根和雙唇。同樣的規律也用在後一個詞「第宅」（偏前的濁塞音）和「衣冠」（偏後的清塞音）的對立上。而句末的一個詞「新主」和「昔時」相對，都是「S+舌面前音」的韻律結構。由這樣嚴密的音律對偶現象可以體會杜甫「晚節漸於詩律細」的精神。

3.「直北關山金鼓振，征西車馬羽書遲」，運用了兩個音節一組的韻律單位在全句中交替變換。「直北」是收〔-k〕的入聲字，音節短促；「關山」是收〔-n〕的陽聲字，鼻腔產生共鳴效果，加上聲調是平聲，使發音綿延拖長，迴盪不絕，與「直北」造成強烈的對比。緊接著的「金鼓」是雙聲詞，聲母都是〔k-〕。下句的「羽書」是疊韻詞，韻母是〔-juo〕，和上句的「金鼓」形成對偶（雙聲對疊韻）。此外，〔-juo〕的韻母發音和上句的「鼓」〔-uo〕、同句的「車」〔-jo〕，也形成同類韻母的呼應。

4.「魚籠寂寞秋江冷，故國平居有所思」，第五音節的「秋」和下句的「有」相對偶，韻母都是〔-ju〕。首字「魚」〔-jo〕、「故」〔-uo〕主元音相同。形成以〔o〕元音起音的句式。這樣類型的韻母又出現在「居」〔-jo〕、「所」〔-jo〕，強化了韻律效果。「寂寞」都是收〔-k〕的入聲字，「故國」是〔k-〕聲母的雙聲詞。這個〔k-〕聲母又在同句中的「居」出現，搭配成頭韻效果。此外，「冷」和下句的「平」都屬「庚韻」一組的字，韻母類型相同。

• 第五首的音韻分析

1.「蓬萊宮闕對南山，承露金莖霄漢間」，「蓬、宮」韻母相似，為句中韻。「宮闕」和下句的「金莖」相對，聲母全屬舌根清塞音。

2.「西望瑤池降王母，東來紫氣滿函關」，上句「望、王」為句中韻。下句「滿、關」為句中韻。兩句第六音節都是舌根濁塞音字（王、函），形成韻律上的對偶。

3.「雲移雉尾開宮扇，日繞龍鱗識聖顏」，這兩句大量使用雙聲效

果，造成兩個音節為一個音律單位的交替現象：上句的「開宮」、下句的「日繞」、「龍鱗」、「識聖」。此外，上句的「宮」和下句的「龍」韻母相呼應。

4.「一臥滄江驚歲晚，幾回青瑣點朝班」，上句的「江、驚」同聲母。兩句間相應位子上，形成音韻對偶的，有第三音節的「滄」和「青」，都是〔ts'-〕聲母；還有末尾的「晚」和「班」，都是雙唇音聲母，合口，帶〔-n〕韻尾的字，因而強化了押韻的效果。

● 第六首的音韻分析

1.「瞿唐峽口曲江頭，萬里風煙接素秋」，首句全以塞音聲母表出，極為特殊。且以舌尖塞音和舌根塞音交替方式呈現。兩句皆在第五音節處設一入聲。「接素秋」三字聲母又同部位。

2.「珠簾繡柱圍黃鵠，錦纜牙檣起白鷗」，各句的第二字都安插來母字。「錦纜」皆以〔-m〕收尾。而「圍黃鵠」三字的聲母皆屬舌根濁擦音。

● 第七首的音韻分析

1.「昆明池水漢時功，武帝旌旗在眼中」，上句中「水、時」都是舌面前擦音，下句中「旌、在」都是舌尖塞擦音。上句的「時」和下句的「旗」韻母相同，與押韻的效果相同。和再下一句的「絲」也同屬一韻。

2.「織女機絲虛夜月，石鯨鱗甲動秋風」，前一句七字全屬細音，形成明顯之音響特色。「女」和「虛」又形成句中韻，韻母都是〔-jo〕。上下兩句都以入聲音節開頭，又都是舌面前音，且各句皆有兩個入聲字。下句的「動、風」又形成句中韻，強化了韻律效果。（「風」和其他各句押韻）

3.「波漂菰米沈雲黑，露冷蓮房墜粉紅」，上句頭兩字聲母相似，下句頭三字又都屬來母。兩句最末的「黑」和「紅」聲母都是舌根擦

音。

• 第八首的音韻分析

1.「昆吾御宿自逶迤，紫閣峰陰入渼陂」，其中「吾、御」皆屬舌根鼻音聲母，連續出現。上下兩句都以一連串〔e〕為主要元音的音節收尾，如「自逶迤」、「陰入渼陂」都是。

2.「佳人拾翠春相問，仙侶同舟晚更移」，其中「人、拾、翠、春」連續四個字的主要元音都是〔e〕（本詩押韻也以〔e〕音字為韻腳），而「人、拾、春」三字的聲母都是舌面前音，造成一串發音近似的字連續出現。下句「侶-jo」、「舟-ju」、「移-je」三字的韻母結構類似，都是〔j〕加上單元音的形式。

二、杜甫秋興的語法分析

語法學之興，原本是針對自然語言的。現在，我們借重了語法學研究的成果，轉用到詩的語言上。看看杜甫「語不驚人死不休」的造語魄力，嘗試由語法學來揭開它的真相。

下面我們只選出八首中最具個性的一些句子來分析，一般性的很普通的句子就不談了。

我們先看第一首的「叢菊兩開他日淚，孤舟一繫故園心」。

「叢菊兩開」是主謂形式，「開」是動詞，「兩」是修飾成分。「他日淚」只是個偏正詞組，非句子形式。他日修飾「淚」。那麼，「他日淚」和前四字的關係如何呢？在語法上，它們有銜接關係。「他日淚」是名詞詞組作賓語，它的動詞是「開」字。「開」字是兼語，一方面對上是賓語，一方面對下是動賓結構的動詞。然而，「淚」如何「開」呢？這裡，杜甫放寬了其間的「共存限制」，本來在自然語

言中，我們只能說「流淚」、「落淚」、「濺淚」等。這裡，杜甫在造句上作了精心的設計，用「開」字連繫了上下文。叢菊兩度開放，表示離家匆匆又是兩年過去，不由興起思鄉之情，菊的「開」，也「開」出了他的思鄉淚。

「孤舟一繫」也是主謂形式。「繫」是動詞。「一」是修飾成分，有「單獨」的意思。「故園心」是偏正詞組，「故園」修飾「心」。他和前四字的關係，也以動詞「繫」作銜接。孤舟單獨的繫在岸邊，同時也牽繫著他懷念故園的心。結構上，和前一句完全平行。

我們再看第二首的「聽猿實下三聲淚，奉使虛隨八月槎」。

「三聲淚」似乎不通，這裡的三聲，實為猿鳴。因此，這句的深層結構應是「聽猿（鳴）三聲」。是一個動賓結構。與「下淚」是因果關係的複句。「實」又修飾「下」字，作狀語。《宜都山川記》引歌曰：巴中三峽猿鳴悲，猿鳴三聲淚露衣。《荊州記》亦云：巴東三峽長，猿聲啼至三聲，聞者淚垂。在語法上，三聲都指猿鳴。因此，這句的改造技巧，是運用移位的方式。

聽猿三聲實下淚──→聽猿〔實下〕三聲〔A〕淚
「實下」由A處前移了兩個音節。

下聯句法相同，也是由「奉使八月──虛隨槎」變來。可是再細審「奉使八月」的內部結構，和「聽猿三聲」並不平行。「奉使」是動賓關係，「八月」不是「八個月」而是「八月份」。「八」是序數，和上聯的「三」是基數不同。這種表面乍看似對偶得很工整，而語法關係上實際並不相對的情況，稱為「假平行」。

「奉使八月」是「奉使於八月」的意思，「八月」是補語。這裡杜甫延用了一個古老的傳說：漢代張騫出使大夏，八月乘槎，經年而

返。《博物志》：有人居海上，每年八月見浮槎來，不失期。

　　這個典故中，「八月」和「槎」有緊密的聯繫。因此，杜甫可以很自然的把「虛隨」兩字前移兩個音節，讓「八月」緊接著「槎」字。

　　　　奉使八月虛隨槎－→奉使〔虛隨〕八月〔Ａ〕槎

　　「虛隨槎」是動賓關係，「虛」修飾動詞「隨」，又和上聯「實」相對。「虛」有流落天涯，光陰虛度，一事無成之義。

　　我們再看第六首的「花萼夾城通御氣，芙蓉小苑入邊愁」。

　　這兩句用了幾個專有名詞。《玄宗記》：開元二十年廣花萼樓，築夾城至芙蓉園。「花萼樓」在南內興慶宮，「夾城」在脩德坊，芙蓉苑在教化坊，與立政坊相接。唐玄宗在花萼樓的西面題「花萼相輝之樓」南面題「勤政務本之樓」。

　　跟據記載，玄宗友愛五王，常自南內穿夾城，至花萼樓同寢，故云「通御氣」。蓋興慶宮在宮外，欲至宮內則隔越衢路，往來不便，故有夾城相通。由興慶宮通芙蓉苑之夾城，也可通大明宮。夾城是依城牆修築的複道。

　　「通御氣」有遊幸玩賞之意，而「入邊愁」則指吐蕃的入侵京師。上下造成對比。盛衰治亂，就在剎那之間。一是充滿王家氣勢，突而滲入了邊患之憂。

　　句法上，「花萼夾城」是並列兩個名詞，作為主語。「通」是動詞，「御氣」是偏正式複詞作賓語。下聯的「芙蓉小苑」是把「芙蓉苑」塞入一個字，湊成四音節，和「花萼夾城」相對。因此，是假平行。「入」是動詞，「邊愁」是賓語。

　　兩句的基底結構是「御氣通花萼夾城，邊愁入芙蓉小苑」。因為由語義上看，所通的實為花萼夾城，所入的實為芙蓉小苑。杜甫把詞

序換了一下，更覺新穎。而「通」和「入」兩個動詞的意思也稍稍了變化。基底結構中，它們的意義比較具體，改換詞序後，「通」有「充滿」、「瀰漫」的意思，「入」有「滲入」、「帶來了」的意思，變得抽象一些了。

我們接著再看第七首的「織女機絲虛夜月，石鯨鱗甲動秋風」。

這句也有典故。《西京雜記》：昆明池刻玉石為鯨，每至雷雨，鯨常鳴吼，鬐尾皆動。又《西都賦》注：武帝鑿昆明池，於左右作牽牛織女，以象天河。《漢宮闕記》：昆明池有二石人，東西相望，以象牽牛織女。

「織女機絲」為名詞並列，而非偏正詞組，不能解為「織女的機絲」，因為「機絲虛度」是不通的。這句是「織女和她的機絲都虛渡了夜月」。「夜月」又是「月夜」的倒裝，以便和下聯的「秋風」相對。「虛」是動詞，「月夜」是賓語。

「石鯨鱗甲」則是偏正結構的詞組，意為「石鯨的鱗甲」。因此，和上聯是假平行。「動」是動詞。「秋風」是名詞詞組作補語。也就是「動於秋風之中」的意思。因此，語法結構上，跟上聯又是假平行。

我們再看第七首的「波漂菰米沉雲黑，露冷蓮房墜粉紅」。

「波漂菰米」是由「菰米漂（於）波上」變換來的。「沉雲黑」是動賓詞組。前人注云：菰米之多，黯黯如沉雲之黑。可是「菰米多」和詩意並不吻合。「沉」也不應指菰米，因為前面已說菰米是「漂」的。「沉雲黑」應指水色。即「水中沉著一片雲黑」。「雲黑」指「如烏雲一般」，是偏正式。

「露冷蓮房」是「霜露使蓮房冷」的變換式。「冷」成為致使動

詞。「蓮房」就是蓮花。「露冷蓮房」是主動賓的結構。

「墜粉紅」是動賓式。主語是「蓮房」。因此，「蓮房」是兼語，對上是賓語，對下兼作主語。這是杜甫壓縮句子，使之更為精鍊的手段。意思是「蓮花低垂著它的粉紅瓣」。

由此可知，此句的上下聯是假平行。

我們再看第八首的「香稻啄餘鸚鵡粒，碧梧棲老鳳凰枝」。

這兩句與自然語言的表達方式顯有不同。表面看來，似乎不通，「香稻」如何能「啄」，「碧梧」也不能「棲」。原來，這兩句也是杜甫加工改造過的詩句。其基底結構是「鸚鵡啄稻粒」、「鳳凰棲於梧枝」。

因為要延伸為七言，所以在「啄」的後面加了一個補語「餘」字，又在「稻粒」前面加了一個定語「香」字，成為「鸚鵡啄餘香稻粒」。然後，杜甫又作了兩次移位。首先把「啄餘」後移到「稻粒」的中間，再把「鸚鵡」後移到「粒」字的前面。

鸚鵡啄稻粒──鸚鵡啄餘香稻粒 ──鸚鵡香稻啄餘粒 ──香稻啄餘鸚鵡粒

兩次的移位都是塞入「稻粒」之間，於是把「稻粒」的空間拉開了，利用語法的效果造成了遍地稻粒的意象。

下聯的句子變換過程完全相似：

鳳凰棲梧枝 ──鳳凰棲老碧梧枝 ──鳳凰碧梧棲老枝 ──碧梧棲老鳳凰枝

　　其程序一樣是經過兩次的詞彙增添（老和碧），在經過兩次的詞彙後移，於是「梧」和「枝」的空間也拉開了。形成了枝葉蔓延，樹蔭籠罩的意象。

　　前面舉例性的分析了杜甫秋興中的幾個句子。由這樣簡單的分析當然還不能說就是杜甫的語言風格全貌。但是，我們至少已經可以感受到杜甫「語不驚人死不休」的造語態度。這種態度在上述幾個句子中可以見其端倪。

　　從上述例句的分析中，表現了杜甫運用「假平行」（pseudo parallel）和移位變形的各種方式，也就是具體的看出了他驅遣語言，營造詩句的技巧。這就是他的語言風格。我們平常看多了堆砌形容詞的方式來介紹杜詩，說他意境如何深遠，用語如何高妙，通常給人的感覺總是隔靴搔癢，難以捉摸。如《杜工部詩通》：秋興八首，皆雄渾富麗，沉著痛快。又如《詩菌》：秋興後之五篇，形神俱遠，真已飛精鼙下，廁足朝端，雜沓輪蹄，從容讌賞。又《杜詩錢注》：八首命意鍊句之妙，自不必言；即以章法論，分之如駁犀之犀，四面皆見，合之如常山之蛇，首尾互應。又《杜詩言志》：八首先後次第，彼此照應。如遊蓬山，處處谿壑迴別。如登閬苑，層層戶牖相通。以言格律，則極其崇閎，議論則極其博大，性情則極其溫厚，舉譬則極其精當。……此天地間至文也。《杜詩偶評》：（秋興）其才氣之大，筆力之高，天風海濤，金鐘大鏞，莫能擬其所到。《杜詩集評》：（八首）春容富麗，朴老雄渾。自唐迄今，竟為絕調。

　　在這些評語之外，我們換個角度來看看秋興，也許可以感受到不同的一面。對我們了解杜詩也許可以有更新的一層體會。

　　從語言學的角度分析文學作品，為文學的研究開展了一個新方向，由韻律學的角度來體會杜甫「晚節漸於詩律細」，由語法學的角度來體會杜甫「語不驚人死不休」，也許會更具體一點。傳統的風格描寫偏重綜合的印象，語言風格學重視分析情感內容賴以呈現的語言形式，兩者相輔相成，共同構成了一個完整的圓。

12

岑參**白雪歌**的**韻律風格**

　　高中國文第二冊第十五課為唐代邊塞詩人岑參的七言古詩〈白雪歌送武判官歸京〉。一般認為古詩韻律感的講求，除李、杜外，就要數岑參了。下面我們從韻律分析上看看這首作品的特有風格。先錄其全文：

> 北風捲地白草折，胡天八月即飛雪。忽如一夜春風來，
> 千樹萬樹梨花開。散入珠簾濕羅幕，狐裘不煖錦衾薄。
> 將軍角弓不得控，都護鐵衣冷猶著。瀚海闌干百丈（又作尺）冰，
> 愁雲慘澹萬里凝。中軍置酒飲歸客，胡琴琵琶與羌笛。
> 紛紛暮雪下轅門，風掣紅旗凍不翻。輪臺東門送君去，
> 去時雪滿天山路；山迴路轉不見君，雪上空留馬行處。

　　前人討論文學作品的韻律，往往從聲情著眼，找出韻律和內容情感的關係。例如這首詩開頭用入聲韻，就認為是配合「白草枯折、八月飛雪」的情景。「春風來」、「梨花開」接連用三個平聲，是在表現「死寂的景況中，忽然翻出奇想」。接著的「暮、薄、著」三個入聲韻腳，意在配合那「瑟縮的寒氣」。「冰、凝」兩個平聲的鼻音韻

腳，在表現「天寒地凍的大幅場景」。「客、笛」等入聲在表現「迫蹙的離情」。「門、翻」等平聲韻腳，使「離愁轉趨高昂」。末尾的去聲韻腳，在表現「故人遠去，邈不可見」的情景。

　　一篇理想的作品，韻律和情感當然是要配合無間的。但是，分析者若過於執著的想找出每一個音節所以這樣用的原因，極力和某一情感內容搭上關係，有時難免會變得牽強附會。什麼類型的發音，表現什麼樣的情感，往往只是個傾向，並沒有必然的關係。同樣的發音，有時表現這種情感，有時也可能表現另一種截然不同的情感。因此，由聲情之途賞析作品，有很大的局限性。

　　唐詩的韻律賞析應掌握兩個原則：其一，由中古音入手。唐詩是用唐代語言寫成的，發的是唐代的聲音，韻律效果也只能透過中古的唐音方能呈現；其二，韻律的表現不僅僅在韻腳。押韻只是表現韻律感的諸多方式的一種。全詩每個字之間，在聲母、介音、元音、韻尾、聲調上的搭配，可以造成音調鏗鏘的效果。因此，我們賞析時，也當從這些方面去觀察。

　　這首詩的開頭兩句用了一連串的ㄅ類聲母字，如「北、風、白、八、飛」（其中「風、飛」唐代都是ㄅ聲母，造成頭韻效果（alliteration）。押韻是利用音節的後半成分反覆出現，造成韻律感，而頭韻是利用音節的前半成分反覆出現，造成韻律感。

　　「將軍角弓不得控」一句，「軍、角、弓、控」四字都是ㄍ類聲母字。「紛紛暮雪下轅門，風掣紅旗凍不翻」中「紛、暮、門、風、不、翻」都是雙唇音的字，這都是頭韻的運用。詩中又用了許多雙聲疊韻的詞彙，強化了韻律性。雙聲詞如「北風」、「錦衾」、「角弓」、「瀚海」、「歸客」、「琵琶」等；另外有幾個是匣母和ㄍ類聲母字組成的雙聲詞，如「狐裘」、「胡琴」、「紅旗」等。疊韻詞如「羅幕」（唐代念 la-mak）、「都護」、「闌干」、「百尺」（唐代都是收-k的入聲字）、「慘淡」等。

　　唐詩有時還運用「句中韻」來強化音樂性。如「散入珠簾濕羅

幕」一句中「散、簾、羅、幕」四字的主要元音都是開口度最大的【a】音，和開口度較小的「入、珠、濕」搭配成口形一張一合的節奏。「角弓不得控」中的「弓」和「控」又形成句中押韻。「瀚海闌干」四字都是開口最大的【a】元音字，連續使用，顯得氣勢雄闊。

詩貴精鍊，所以字避重複。這首詩卻有意的安排了重複出現的字，以造成韻律感。如「千樹萬樹」，重用樹字，既表現樹的多，也在音律上更具節奏性。末尾四句，「君、去、雪、山、路」都各出現兩次，而且不在同一句中出現，造成緊密的連貫性，也突顯了韻律效果。

在聲調方面，前人已指出「春風來」和「梨花開」全用平聲，是一特色。另外幾個句子也以平聲連續出現為特色，例如「胡琴琵琶與羌笛」連用五平聲，「輪臺東門送君去」連用五平聲。至於連用四平聲的句子更多達六句。可以說，好用平聲，是岑參這首詩的風格之一。另外值得一提的是「胡天八月即飛雪」一句，用了四個入聲字，入聲在四調中原本就字數最少，連用四個，應非偶然。何時連用平聲和何時連用入聲應該和所要表達的內容有關。這點讀者可自行體會。

在押韻型式方面，十八句共押了十六個韻腳，用韻的密度算相當高的。其間共換了七組韻，韻腳發音形式的搭配如下：

折雪	來開	幕薄著	冰凝	客笛	門翻	去路處
入（-t）	平	入（-k）	平（-ŋ）	入（-k）	平（-n）	去

從韻腳的聲調看，換韻是採「入聲」和「平聲」間隔交替的形式，只在最後改為去聲，以求變化。就韻尾看，有四種不同的輔音韻尾，和兩種不同的陰聲韻尾（元音收尾）。其變化是多樣而豐富的。

最後，我們還可指出，詩中用了三次「不」字詞組：「不得控」、「凍不翻」、「不見君」，「不」字本身是個塞音字，而這裡和它搭配的音節也全用塞音：「p‧t‧kʼ」。「t‧p‧p」、「p‧k‧k」。這是韻律安排上的巧妙處。

詩經語言的音韻風格

一、詩經與語言風格學

從性質上來看，文學和語言學是密切相關，一體兩面的學科，但是兩者在研究方法和目標上又大不相同。文學所重，在作品的「價值」問題，語言學所重，在作品語言的「分析」問題。因此，歷來兩個領域很少有過交集，往往各作各的研究。在文學家的眼裡，語言學的「分析」方法會使得作品支離破碎，美感盡失；在語言學者的眼裡，文學的方法難免於主觀的猜迷式解說，堆砌一些高度抽象的詞彙，對作品進行不著邊際、天馬行空式的描述與批評。這種分歧，到了講究科技整合的現代逐漸有了溝通與融合。

在所有近代社會科學中，語言學的發展最為可觀❶，它是第一個走上科學化、系統化的社會人文學科，因此，幾乎所有的人文學科都受著語言學的衝擊與影響。例如結構主義思潮的興起，文化學、人類學、民族學、社會學、符號學、心理學等❷，莫不走上和語言學相結合的路。甚至非人文學科的神經語言學、病理語言學、數理語言學、統計語言學、肢體語言學（或稱「伴隨語言學」）等，也都採用了語言學已有的成就。

　　文學的創作材料就是語言，文學的美，不能捨棄語言而存在。因此，文學的研究和語言學結合起來，便成了順理成章的事，於是，語言風格學（stylistics）成為近十年來的新興學科。

　　語言風格學在歐美已有了很好的研究成果，大陸、香港方面也有了一些專著出現，台灣由於向來語言學研究的貧乏，目前只有很少的學者觸及這個領域。不過，近年來學術界逐漸注意到由於過去對語言學的忽略，使得很多新學科在台灣都難以立足和發展，於是，語言學概論、詞彙學、語言風格學課程開始在各大學的系所裡出現，逐漸矯正了文學系所輕語言重文學的偏頗。

　　向來的文學批評、文學理論、作品賞析，多半從文學的角度入手，探索作品的情節、內容、角色、情感、象徵、人物個性、言外之意、絃外之音、詩的意象、寫作背景、作者生平等等。如果我們把作品視為一個符號系統，那麼，從文學的角度所觀察的較重於「所指」方面，而略於「能指」方面。茲以下圖表示：

作	A.所指（內容）
品	B.能指（形式）

　　換句話說，文學角度的研究僅處理了作品中 A 的部分，B 的部分是完全空白的。因為作品是藉語言形式呈現的，如果對語言的本質與結構沒有充分的了解，就很難著手探索這一部分。

　　語言的各種材料：語音、詞彙、句法，是風格的「負荷者」❸。我們運用語言學精確、客觀的分析技術，從語音、詞彙、語法三方面對作品的「能指」進行研究，正好補足了向來的不足。把文學的視角和語言學的視角融合到作品的研究中，才是完整的作品賞析，才能建立完整的風格研究，這是「語言風格學」所以產生的動因。

　　語言風格學的最大特色在於其精確性與客觀性，避免依個人主觀

感受給風格下斷語，而將風格的探討建立在有形可見的語言材料上❹。文學鑑賞是一種藝術認識，它用語言來創造形象，因此先了解語言，才能把握作品，語言風格學的重要內容之一是研究文學作品的語言，揭示塑造藝術形象的語言規律，描述作家語言風格的獨特風貌。這樣就為文學鑑賞提供了感性活動的鑰匙和理性認識的依據❺。

　　本章嘗試把語言風格學的理論和方法應用到上古文學的代表作品──《詩經》上，我們只運用了音韻方面的解析，暫不談詞彙和句法。我們也嘗試把理論的聲韻學應用到實際的作品鑑賞上，看看古音學的知識在這方面能提供我們什麼幫助。

　　《詩經》是上古的民間歌謠，或者是貴族的樂章、宗廟的頌歌，是音樂性很強的作品。二千年來，詩經學很發達，學者從經學、文學、歷史、社會、民俗、古韻學各個角度從事研究，已有了輝煌的成果，唯獨在《詩經》的語言形式方面著力不多。事實上，要討論《詩經》的韻律美，只研究其押韻的體例、歸納其押韻的韻部，仍然不能表現其中的音樂性，必須把語言風格學和古音學結合起來，才能具體的把潛藏在內的韻律節奏顯現出來，把民謠頌歌的音樂之美顯現出來。

二、《邶風・擊鼓》的音韻分析

　　我們吟詠歷代歌謠詩詞之類的作品，往往但覺其鏗鏘有致、朗朗上口，能直覺感受到其中的韻律節奏之美，卻很難具體的說出來美在哪裡？造成美的因素是什麼？《詩經》是上古歌謠，由於兩千多年來的語言變遷，我們吟誦時，甚至連這種鏗鏘之美都難以覺察了。然而，可以肯定的是這種流傳於民間，口耳相傳的文學作品，必然具有強烈的音樂性，否則就無法藉口耳傳播。可以說，音樂性是《詩經》歌謠的生命所在。

　　要發掘《詩經》韻律的奧秘，不能僅僅從押韻形式和反覆重沓上觀察，這些特性，前人已經談了很多，我們更應該藉助現代上古音研

究的成果深一層的去分析每一個詩句，每一個篇章中所蘊含的韻律效果。把主觀上的美感，用客觀的分析，加以詮釋。

也許有人會懷疑，「美」是一種抽象的直覺，能具體的說出所以然嗎？我們認為，答案是肯定的。就拿著名的「黃金分割律」來說，大家都知道，最美的四邊形不是正方的，也不是長條狀的，於是，西方學者用具體的數據把大家都認為最美的四邊形描述出來了，它是1：1.618，或者說，一邊是 8，一邊是 5 的四邊形。

文學作品也是一樣，我們能感受到的韻律美，是可以透過語言風格學的理論和音韻的知識加以分析的。下面從《詩經》風、雅篇章中各取一首作品分析。先討論《邶風‧擊鼓》：

1. 擊鼓其鏜　　錫見入‧魚見上‧之群平‧陽透平
   踊躍其兵　　東喻上‧藥喻入‧東喻平‧陽幫平
   土國城漕　　魚透上‧職見入‧耕禪平‧幽從平
   我獨南行　　歌疑上‧屋定入‧侵泥平‧陽匣平
2. 從孫子仲　　東清平‧文心平‧之精上‧冬定平
   平陳與宋　　耕並平‧真定平‧魚喻上‧冬心平
   不我以歸　　之幫平‧歌疑上‧之喻上‧微見平
   憂心有忡　　幽影平‧侵心平‧之匣上‧冬透平
3. 爰居爰處　　元匣平‧魚見平‧元匣平‧魚昌平
   爰喪其馬　　元匣平‧陽心平‧之群平‧魚明上
   于以求之　　魚匣平‧之喻上‧幽群平‧之章平
   于林之下　　魚匣平‧侵來平‧之章平‧魚匣上
4. 死生契闊　　脂心上‧耕生平‧月溪入‧月溪入
   與子成說　　魚喻上‧之精上‧耕禪平‧月書入
   執子之手　　緝章入‧之精上‧之章平‧幽書上
   與子偕老　　魚喻上‧之精上‧脂見上‧幽來上
5. 于嗟闊兮　　魚匣平‧歌精平‧月溪入‧支匣平
   不我活兮　　之幫平‧歌疑上‧月匣入‧支匣平

于嗟洵兮　　魚匣平・歌精平・真心平・支匣平
不我信兮　　之幫平・歌疑上・真心平・支匣平

　　左邊所列是《擊鼓》的原文，共分五章。右邊列出各字的古音性質，包含韻部、聲紐、調類❻。

　　漢字音的結構，可以分為五部分：聲母、介音、主要元音、韻尾、聲調。我們就由這五方面來分析這首詩的「聲音」。其中，主要元音是一個音節中響度最大的成分，因此，它對詩歌音響效果的影響最大，我們由主要元音的分布搭配狀況先說。

　　1. e—ɑ—ə—ɑ （中・低・中・低）
　　　u—o—u—ɑ （圓・圓・圓・展）
　　　ɑ—ə—e—o （展・展・展・圓）
　　　ɑ—u—ə—ɑ （低 _____ 低）

　　左邊是第一章各音節的主要元音音值❼，右邊找出各句韻律類型的對比點。首句是中元音和低元音間隔出現，造成吟詠時口型一張一合的節奏變化。第二、三句是圓唇和展唇的搭配變化，兩句圓展相反，有如中古兩句平仄相反的搭配模式❽。第四句是以低元音起，低元音收的韻律模式。

　　2. u—ə—ə—o （圓・展・展・圓）
　　　e—e—ɑ—o （中・中・低・中）
　　　ə—ɑ—ə—ə （中・低・中・中）
　　　o—ə—ə—o （圓・展・展・圓）

　　這一章以央元音為基調。由「圓展展圓」始，也由「圓展展圓」收句。有如音樂中的「奏鳴曲形成」──「主題呈現→開展部→主題

第13章　詩經語言的音韻風格

再現」。無論音樂或文學,「美」的形式往往是共通的。第二、三句的韻律對比點放在三個中元音和一個低元音的搭配上。低元音的位置先安排在第三音節,次句則移至第二章節,以求變化。

3. ɑ—ɑ—ɑ—ɑ （低・低・中・低）
　　ɑ—ɑ—ə—ɑ （低・低・中・低）
　　ɑ—ə—o—ə （低・中・中・中）
　　ɑ—ə—ə—ɑ （低・中・中・低）

　　上章以央元音為基調,此章改為以 ɑ 為基調。首句全用低元音,各句開頭也全用低元音。韻腳「處、馬、下」也全是低元音。使得這一章在朗誦時,口形都張得很大,顯得異常響亮。

4. e—e—ɑ—ɑ （中・中・低・低）
　　ɑ—ə—e—ɑ （低・中・中・低）
　　ə—ə—ə—o （展・展・展・圓）
　　ɑ—ə—e—o （展・展・展・圓）

　　各句首字以中、低元音交替,各句第二字則全變為中元音。頭二句以兩中兩低搭配,三、四句則以「展展展圓」搭配,為求變化,第四句首字安排低元音（其餘七字全是中元音）。

5. ɑ—ɑ—ɑ—e （三低一中）
　　ə—ɑ—ɑ—e （二中二低）
　　ɑ—ɑ—e—e （二中二低）
　　ə—ɑ—e—e （三中一低）

　　由右邊所注的韻律類型看,可以看出一、四句相似,二、三句相

似。換個觀點看，一、二句間有聯繫，三、四句間也有聯繫。因為一、二句基本上是「ɑ-ɑ-ɑ-e」的模式，為求變化，第二句首字調整為央元音；三、四句基本上是「ɑ-ɑ-e-e」模式，為求變化，第四句首字調整為央元音。

由各句的首字看，有「ɑ-ə」的交替，各句的次字又全安排了開口甚大的ɑ，各句收尾安排了開口不大的e。全章十六個音節，音聲的搭配似乎環環相扣，緊密的聯繫著。

其次，我們再看看這首詩韻尾的發音狀況。

1. -k— -g— -g— -ŋ
  -ŋ— -k— -ŋ— -ŋ　　（全屬舌根音收尾）
  -g— -k— -ŋ— -g　　（1、2、4 句押韻）
  -∅— -k— -m— -ŋ

前三句都是舌根音收尾。但在一致中又有變化，每句都夾雜著幾個鼻音，和非鼻音音節搭配出現。末句一改全用舌根音的局面，間隔安插了兩個非舌根音的字。

2. -ŋ— -n— -g— -ŋ
  -ŋ— -n— -g— -ŋ　　（1、2、4 句押韻）
  -g— -∅— -g— -d
  -g— -m— -g— -ŋ

此章也以舌根音韻尾為基調。而每句的第二字規律性的調整為非舌根音。第三句不押韻，末字也改用個非舌根音的字，造成變化。

3. -n— -g — -n — -g
  -n— -ŋ— -g— -g　　（1、2、4 句押韻）

-g— -g— -g— -g

-g— -m— -g— -g

本章特色是用鼻音收尾字（陽聲字）和濁塞音收尾字（陰聲字）間隔出現。

4. -d— -ŋ— -t— -t （押入聲 -t）

-g— -g — -ŋ— -t （押入聲 -t）

-p— -g— -g— -g（押陰聲 -g）

-g— -g— -d— -g（押陰聲 -g）

本章改變押韻方式，由前幾章的押一、二、四句，變為一、二句押，三、四句押。首句由三個舌尖尾配一個舌根尾，次句反過來由三個舌根尾配一個舌尖尾。第三、四句則一律由三個舌根尾配一個非舌根尾。全章以 3：1 相配的格局是一致的。

5. -g— -∅— -t — -g （押入聲 -t）

-g— -∅— -t— -g （押入聲 -t）

-g— -∅— -n— -g（押陽聲 -n）

-g— -∅— -n— -g（押陽聲 -n）

本章韻腳置於第三個字。各句的韻尾變化模式完全是一樣的，都是「-g— -∅— -t/-n— -g」型，只在第三字作變化，但仍都屬舌尖音。下面再由介音的情況分析。

1. A1—B2—A1—B1 （洪細交替）

A2—A1—A2—A1 （全為細音）

B2—B2—A1—B1 （洪細交替）

B1—B2—B1—B1 （全為洪音）

A 代表細音，B 代表洪音，數字 1 代表開口，2 代表合口。二、四句是全細或全洪的型式，但其中有開、合的變化作為調配。一、三句是洪、細交替的型式。

2. A2—B2—A1—A2 （三細一洪）
  A1—A1—A1—B2 （三細一洪）
  A1—B1—A1—A2 （三細一洪）
  A1—A1—A1—A2 （全為細音）

第一、二、三句都是三個細音配一個洪音的型式，第四句都是細音，而以開、合的變化作調配。

3. A2—A1—A2—A1 （全為細音）
  A2—B1—A1—B1 （一合三開）
  A2—A1—A1—A1 （全為細音）
  A2—A1—A1—B1 （一合三開）

第一、三句全為細音，而以開、合變化作調配。各句都用合口細音開頭，各句末字以洪、細交替出現。

4. A1—B1—A1—B2 （二洪二細）
  A1—A1—A1—A2 （全為細音）
  A1—A1—A1—A1 （全為細音）
  A1—A1—B1—B1 （二洪二細）

第二、三句全為細音，第三句又全為開口，此類單調的情況在

《詩經》中較少見。

> 5. A2—A1—B2—A1 （三細一洪）
> A1—B1—B2—A1 （細始細收）
> A2—A1—A2—A1 （全為細音）
> A1—B1—A1—A1 （三細一洪）

　　此為以細音為基調的樂章，第三句全為細音（其中有開、合的交替），各句又以細音開頭，以細音收尾。

　　下面再從聲母的角度分析。在西方詩歌的韻律中，往往有以同類聲母在一句中連續出現，而造成音韻上美感的，這種情況稱為押「頭韻」（alliteration）。中國詩歌雖然沒有刻意講求這種規律，但有時為加強韻律效果，會自然的表現出來❾。

> 1. k—k—g'—t'　　（三舌根：一舌尖）
> r—r—r—p　　　（三舌尖）
> t'—k—d'—dz'　　（三舌尖：一舌根）
> ŋ—t—n—g　　　（二舌根：二舌尖）

　　這章是以舌尖音和舌根音搭配交錯造成韻律感的。❿

> 2. ts'—s—ts—d'（全為舌尖音）
> b'—d'—r—s
> p—ŋ—r—k
> .—s—g—t'

　　這章是以舌尖音為基調的樂章，十六個音節中，舌尖音占了十個。

3. g—k—g—sk'　（全為舌根音）❶

　　g—sm—g'—m　❷

　　g—r—g'—t

　　g—l—t—g

　　本章轉為以舌根音為基調。十六個音節中，舌根音占十個。各句又都以舌根音起頭。

4. s—s—k'—k'

　　r—ts—d'—sd　（全為舌尖音）❸

　　t—ts—t—sd　（全為舌尖音）

　　r—ts—k—l

　　本章又回到以舌尖音為基調的形勢，十六個音節中，舌尖音占了十三個。

5. g—ts—k'—g

　　p—ŋ—g—g

　　g—ts—s—g

　　p—ŋ—s—g

　　本章再轉為以舌根音為基調，十六個音節中，舌根音占了十個。從首章至本章，聲母的安排與轉換是相當有規律的。本章各句都以舌根音收尾。

　　下面再從聲調方面分析。聲調是中國文學作品中很重要的韻律因素。它是一種音高的變化，本身即最富於音樂性。

1.入—上—平—平
　上—入—平—平
　上—入—平—平
　上—入—平—平

各句都以「上入平平」的模式反覆出現，只第一句稍作變化，上入位置互調。

2.平—平—上—平
　平—平—上—平
　平—上—上—平
　平—平—上—平

第一、二、四句都是「平平上平」式，只第三句稍變。各句都以平始，以平收。

3.平—平—平—上
　平—平—平—上
　平—上—平—平
　平—平—平—上

此章仍然是一、二、四句同型，都是「平平平上」，第三句稍變。這種變化與音樂的奏鳴曲形式相似。

4.上—平—入—入
　上—上—平—入
　入—上—平—上
　上—上—平—上

首二句以「上平入」的順序作延伸變化（延伸為四音節）。第三、四句的首字都承接前一句的末字，然後作「上、平」的間隔變換。

5.平—平—入—平
　平—上—入—平
　平—平—平—平
　平—上—平—平

這是以平聲為基調的樂章，十六個音節中，平聲占了十二個。各句都以平聲始，以平聲收。

語言風格學是一門新興的學科，雖然在處理中國文學方面尚在萌芽階段，但由於這個領域過去一向是空白的，因此，它具有極大的開發空間。隨著近年來語言學研究風氣的開展，運用語言學的觀念和方法分析文學作品，逐漸成為學術界注意的焦點。將來有更多的人投入這方面的研究，是可以預期的。本文僅就語言的一個層次——音韻著手，選擇了《詩經》中風、雅作品各一首試作分析，希望透過這樣的剖析，能為揭開《詩經》音樂美的奧秘提供一點想法。兩篇作品，本文運用了不完全相同的分析方法，主要是作多途徑的嘗試，至於能否達到目標，或其中尚有一些可議之處，就只有留待讀者諸君不吝賜教了。

【註釋】

❶見周英雄《結構主義與中國文學》第39頁。

❷號稱「結構主義之父」的李維史陀，即運用語言學的觀念處理神話、親屬的研究。新興的「符號學」探討語用、語義、符號關係諸問題，更是大量採用了語言研究的成果。「社會語言學」、「心理語言學」是語言學的新興邊緣學科。

❸見程祥徽《語言風格初探》例言第 2 頁。

❹見上書本文第 20 頁。

❺見黎運漢《漢語風格探索》第 25 頁。

❻資料來源是唐作藩《上古音手冊》。

❼音值依據董同龢，其系統如下：

	a	ə	o	ɔ	u	e
-g -k -ŋ	魚陽	之蒸	幽中	宵	侯東	佳耕
-d -r -t -n	祭元	微文				脂真
-p -m	葉談	緝侵				
-∅	歌					

❽例如近體詩的律、絕都講平仄，上句是「平平平仄仄」，下句就是「仄仄仄平平」。

❾我國詩歌中常有「雙聲詞」出現，而「頭韻」不僅僅以「詞」的型式出現，它常散佈在詩句中的幾個語言單位中（詞素、詞、詞組），有時在不同的幾個句中產生聯繫對應。

❿聲母的音值參考竺家寧《聲韻學》第 16、17 講。

⓫「處」字屬中古昌母，上古昌母有 t'、sk'兩種來源，凡與舌根字諧聲的昌母，是由 sk'顎化形成。「處」字的聲系有「虍 x-」、「虛 x-，k'-」、「虜 ng-」等，都是舌根音。

⓬「喪」字屬中古心母，從「亡 m-」得聲。

⓭「說」字屬中古書母，凡書母字上古為 sd-。「說」的聲系有「兌 d'-」、「脫 t'-」等字。

14

《詩經·魯頌·駧》的韻律風格

一、音韻風格的分析方法

　　文學作品的各種形式中，詩歌是最富於音樂性的。而每一種詩體，每一位詩人，都有其獨特的表現音律節奏美的方式，這樣就形成了詩歌的體裁風格和個人風格的一方面。我們運用語言學的分析技術，對詩歌作品的音律節奏進行客觀的描寫，以突顯某一作品或某一作家駕御音律的特色，這是音韻風格研究的主要目的。

　　文學作品的音韻表現常是多方面的，謝雲飛先生《文學與音律》一書❶把文學音律的類別歸納為五類：長短律、輕重律、高低律、音色律、節拍律。除此之外，音律還表現在押韻、平仄、對偶、頭韻、雙聲詞、疊韻詞、重疊詞、四聲遞用、句式變換等方面，特別是「平仄律」，成為中古以後韻文的主要格律。什麼是平仄律呢？平仄不是輕重律，也不是長短律、高低律，它是基於漢語聲調上的一種獨特音律型式。它兼有「長短律」與「高低律」兩種音律節奏❷平聲是發音高昂的，不升不降的，可以拖長的音律類型；仄聲是或升或降，不能拖長的音律類型。在詞譜裡，「仄」也作「側」，《韻會》：側，傾

也。也就是不平的聲調。因此,字義上,「平」、「仄」也是對立的。

講究「平仄」成了某些韻文體的體裁風格。在平仄理論尚未興起的《詩經》時代,卻有著更為靈活多樣的音律表現方式。可是,由於時間的阻隔,語言的變遷,使得我們今天閱讀《詩經》很難體會出其中的韻律效果。因此,我們一方面要借助於上古音的知識,一方面要運用現代語音學的分析技術,把潛藏於詩句內部的音響格律發掘出來。這是語言風格學的工作之一。

漢語的音節是由四個成段音位(segmental phoneme)組成,另加一個「上加成素」(suprasegmental)——聲調,組合而成。因此,我們也得從這幾方面著手,比較各音節之間的這些成分,看看它們搭配的狀況如何?重複的規律如何?韻律的奧秘自然就能顯現出來。下節我們就從聲母、介音、主要元音、韻尾、聲調五個方面來分析《詩經·魯頌·駉》第一章的音韻風格。

二、《魯頌·駉》的音韻分析

一句韻文或一句很順口的話,讀來音調鏗鏘,琅琅上口,閱讀者只感到順口有味,卻不能說出為什麼?原作者也未必經過刻意的修飾安排,也許就是很自然不經意的說出了,覺得很好,就把它寫定了,原先並不曾讓句中每個字的聲母要如何?介音要如何?聲調要如何?才加以寫定的。可是在一位語言風格學者眼中,當前的句字「已非全牛」。他以其語言分析的經驗和素養,立刻可以覺察到這種「鏗鏘」、「順口」的感覺到底是什麼因素造成的,他可以立刻覺察到其中的聲母搭配、聲調分佈、主要元音的迴旋,介音的反覆、韻尾的協調等等,並把這些規律描述出來。例如某一綜藝電視節目中的招牌語:「黑白雞!送現金!」❸眾口同聲,反覆朗誦,覺得很有韻律感。為什麼這六個字的組合能產生韻律感呢?我們可以從音節分析上找出答案。首先,就兩句的末字「雞、金」比較,二字雖非押韻❹,可是它

們有某些共同點：第一，它們聲母相同；第二，它們聲調相同；第三，它們都屬「細音」❺；第四，「雞」的韻母為陰聲韻【i】，和「金」的韻母屬陽聲韻的【in】形成對比，後者除了主元音【i】，又加上鼻腔的共鳴效果。由以上幾點，「雞、金」安排在句末，自能造成「鏗鏘」的、「順口」的感覺。再就兩句中的音節搭配看，形成「洪、洪、細——洪、細、細」的布局。二句都以洪音始，以細音收。而上句二洪一細的配列，到下句變化為二細一洪。同時，兩句的三個細音字同時又是顎化聲母ㄐㄑㄒ。此外，「現金」二字不但聲母同類，介音為【i】，韻尾又同是【n】，因此音韻上也有和諧感。以上的分析，可說是把「黑白雞！送現金！」的音韻奧秘完全揭露了。可是當初寫出這句話的人並不是刻意去找出這樣發音的字來拼湊的，只是順口說出，覺得很協調、很悅耳，就寫定了。分析其音律，揭示其協調、悅耳之機制，是語言風格學者的責任。

　　分析《詩經》的韻律，也是一樣的道理，只是多了一層「古音」的障礙，好在上古音的研究，經過清代學者的「古韻分部」研究❻、「古聲母條例」研究❼，到現代學者的音值擬訂，已經大致有了定論❽。我們完全可以把古音研究的成果應用到音韻風格的研究上。

　　我們先列出《魯頌・駉》的首章全文，以及各字上古音屬性：（包括韻部、聲紐、調類）

1.駉駉牡馬	耕見平、耕見平、幽明上、魚明上
2.在坰之野	之從上、耕見平、之章上、魚喻上
3.薄言駉者	鐸並入、元疑平、耕見平、魚章上
4.有驕有皇	之匣上、物見入、之匣上、陽匣平
5.有驪有黃	之匣上、支來平、之匣上、陽匣平
6.以車彭彭	之喻上、魚昌平、陽滲平、陽滂平
7.思無疆	之心平、魚明平、陽見平
8.思馬斯臧	之心平、魚明上、支心平、陽精平

下面分五部分觀察這章詩的韻律：

• **聲母的節奏❾**

1. k—k—m—m
2. dzh—k—t—r
3. bh—ng—k—t　　以上以 k 為基調
4. g—k—g—g
5. g—l—g—g　　　以上以 g 為基調
6. r—skh—ph—ph
7. s—m—k
8. s—m—s—ts　　以上以舌尖音 ts-，s- 為基調

　　同類的聲母往往反覆出現，造成韻律感。由上面的分析，可以看出前三句為一組，以 k 的反覆出現為主；次二句為一組，以 g 的反覆出現為主；而這五句又具有一個共同性：以舌根塞音為基調。末三句為一組，以雙唇音為主。

• **介音的節奏**

介音類型以洪、細為區分。本章之節奏如下：

1. 細—細—洪—洪
2. 洪—細—細—細
3. 洪—細—細—細
4. 細—細—細—洪
5. 細—細—細—洪
6. 細—細—洪—洪
7. 細—細—細

*8.*細—洪—細

　　由洪、細的搭配看，約略也顯示出有三個節奏單位，和聲母狀況的吻合，絕非偶然。首三句為第一個韻律單位，以洪細均衡的分布始，然後重複「一洪三細」的韻律。中二句為第二個韻律單位，繼續伸展「三一」的搭配，但為求變化，更換為「三細一洪」。末三句為第三個韻律單位，以「主題重現」的方式，讓首句的「細、細、洪、洪」再度出現。之後，再作變化。

● 主要元音的節奏❿

1. e—e—o—ɑ

2. ə—e—ə—ɑ

3. ɑ—ɑ—e—ɑ

4. ə—ə—ə—ɑ

5. ə—e—ə—ɑ

6. ə—ɑ—ɑ—ɑ

7. ə—ɑ—ɑ

8. ə—ɑ—e—ɑ

　　本章的韻腳雖有魚部、陽部的不同，可是就主要元音觀之，全部都是開口度最大的【ɑ】元音。而詩句全文的音節節奏是以中元音和低元音作規律性的搭配構成。如果我們把上表用更簡明的方式標示：A 表中元音，B 表低元音，其規律如下：

1. AAAB

2. AAAB

3. BBAB

第14章　《詩經・魯頌・駉》的韻律風格

4. AAAB

5. AAAB

6. ABBB

7. ABB

8. ABAB

顯然，前所分的三個音律單位，由主元音看，一、二是連貫的，第三個韻律單位（末三句）則仍是獨立的。也就是說，前五句以 A 為基調，主旋律是「AAAB」，五句中反覆了四次，只在中間一句作變化。後三句以 B 為基調，幾乎有三分之二的音節是 B（低元音），而每句又規律性的以 A 起，以 B 收句。

● 韻尾的節奏

上古音的韻尾，在陽聲字和入聲字方面較無問題，只有陰聲字的韻尾有兩種意見，一主張有濁塞音韻尾❶，一主張以元音收尾。前者較能解釋陰入相押及相互諧聲的密切關係❷，故本文從前者。八句的韻尾節奏如下：

1. -ng—-ng—-g—-g

2. -g—-ng—-g—-g

3. -k—-n—-ng—-g

4. -g—-t—-g—-ng

5. -g—-g—-g—-ng

6. -g—-g—-ng—-ng

7. -g—-g—-ng

8. -g—-g—-g—-ng

全詩以舌根音韻尾為基調，其中只有兩字不屬舌根音。後五句又

都是以塞音【-g】起句，以鼻音【-ng】收句，這是節奏上規律性的另一面。其次，依前所分的第二節奏單位（四、五句）和第三節奏單位（六、七、八句）都以「-g，-g，-g，-ng」形式作結束（第五、八句）。

• 聲調的節奏

聲調是漢語言的主要特徵之一，六朝開始，它就被文學家用來作為表現作品韻律的手段，唐詩的平仄，正是運用聲調制訂出來的「美的格式」。事實上，在人們意識到聲調存在之前的《詩經》時代，人們就已在有意無意間吟詠「順口、悅耳」的句子，這種「順口、悅耳」的效果，聲調往往是其因素之一。因此，我們今天要找「順口、悅耳」的機制，還得從聲調中去探索。

本章的聲調節奏如下：

1. 平─平─上─上
2. 上─平─平─上
3. 入─平─平─上
4. 上─入─上─平
5. 上─平─上─平
6. 上─平─平─平
7. 平─平─平
8. 平─上─平─平

前三句的聲調節奏是一個類型，包含兩項音韻規律：第一，以上聲收尾；第二，每句中布置兩個平聲。後五句的聲調節奏是另一個類型，也包含兩項規律：第一，各句都以平聲收尾；第二，後三句中每句都布置三個平聲，轉成以平聲為基調的節奏。

根據古音學者的研究，上古聲調中，平上聲的調值接近，所以常

相通轉❸去入聲的調值接近，也常相通轉❹。調類雖與中古相同，各調的關係並不相同。中古是平仄二分，上古卻傾向平上相通，去入相通。本章詩除了夾雜兩個入聲字之外，完全是平上聲的字，造成了聲調上缺乏強烈對比性的韻律風格。如果依王力先生的看法，平上聲是舒調，去入聲是促調，則本章詩的韻律效果是舒緩的，可以拉長的。這是本章獨有的聲調風格呢？還是整個「頌」體的體裁風格呢？答案需從魯頌進行分析，或對三頌都加以觀察❺，才能找出答案。

三、語言學和文學的交融

本文採用了音節分析法探索《詩經・魯頌・駉》首章的韻律風格。文學作品的韻律表現，往往有明律，有暗律。前者是顯而易見的格律，例如相同詞彙的反覆出現，相同句法的反覆出現，字數的整齊化或對稱工整，各種押韻的形式，平仄的格律變化等等，這些都是表面結構看得出來的韻律，也是傳統的詩詞格律研究比較注意的一面。事實上，文學作品的音樂性往往還有表面結構看不出的韻律存在，卻說不出妙在何處。這就是「暗律」，揭開暗律的面紗，惟有從作品的語言形式著手。這是語言學者責無旁貸的工作，因為惟有語言學者以其豐富的語言分析經驗，才能對作品語言發揮敏銳的觀察力，揭開音律的奧秘。至於作品語言形式以外的情感、比喻、意象等「所指」的問題，就要留待文學家去處理了。語言學者對作品的綜合性描述，價值判斷、美學和藝術性的問題就比較無能為力了。由此可知，對文學作品的全面性了解，往往需要文學家和語言學家的共同合作，由不同的角度進行探索，這正是新興的語言風格學對文學研究的主要貢獻。

【註釋】

❶ 東大圖書公司印行，民國 67 年出版。

❷ 見謝雲飛《文學與音律》第 81 頁。東大圖書公司，民國 67 年。

❸ 這是一種以黑、白雞圖案為媒介的抽獎遊戲，進行中，在場觀眾不斷複誦此語，以增加熱鬧氣氛。

❹ 傳統上，押韻的定義是主要元音和韻尾要相同。

❺ 細音是以介音為標準的字音分類，與「洪音」相對。凡介音是【i】、【y】的，屬細音，否則即洪音。

❻ 清儒的上古音研究，以「古韻分部」的工作最早。貢獻較大的學者如顧炎武的古音十部、江永的古音十三部、段玉裁的古音十七部、江有誥、王念孫的古韻二十一部。

❼ 上古聲母的研究由清代到民國初年也取得了很好的成績，學者們提出了一條一條的「古聲母條例」，成為現代學者進行擬音的基礎。例如錢大昕的「古無輕唇音」、「古無舌上音」、夏燮的「照系三等字古讀舌頭」、「照系二等字古讀齒頭」、章太炎「娘日歸泥說」、黃侃「古聲十九紐」、曾運乾「喻三古歸匣」、「喻四古歸定」、錢玄同「邪紐古歸定」、周祖謨「審紐古歸舌頭」、「禪母古歸定母」等。

❽ 上古音的擬音表面上雖各家不同，實際上只是細微的差異，大體上是有共識的。

❾ 聲母的擬音，以 h 表示送氣，以 ng 表示舌根鼻音，這是為印刷之便。此外，喻母定為 r，匣母（念喻三）定為 g，「車」字本屬複聲母 skh-。

❿ 主要元音的擬音參考董同龢《漢語音韻學》。

⓫ 之、幽、宵、侯、魚、支各部陰聲字收-g 尾，脂、微、祭各部收-d尾。有的古音學家認為另有少數的-r尾。早於《詩經》時代的「諧聲時代」還有-b尾。

⓬上古韻語押韻陰聲韻和入聲韻相押無別，形聲字和聲符的關係亦然。可見二類字在發音形式上必然極為近似。

⓭段玉裁《六書音韻表》說「平上為一類，去入為一類」。黃侃作〈詩音上作平證〉，認為《詩經》時代上聲仍未從平聲分化出來。例如《氓》以「湯、裳、爽、行」為韻，《北風》以「我、何、為」為韻。

⓮《詩經》去、入相押的如《正月》以「輻、載、意」為韻，《四月》以「烈、發、害」為韻。形聲字也反映去、入二調的密切關係，如「察從祭聲」、「決從夬聲」、「路從各聲」、「特從寺聲」等。

⓯《周禮‧鄭注》云：「頌之言誦也，容也。」《詩序》云：「頌者，美盛德之形容，以其成功告於神明者也。」頌是宗廟的樂歌，很可能以綿延舒緩的聲調，表現莊嚴肅穆的氣氛。所以此章以平上聲為主。

15

《詩經‧蓼莪》的韻律之美

　　一般對文學作品的賞析，無論是語文教師向學生講解，或是文學愛好者的研究，注意的焦點往往是用字的技巧，前後的呼應，象徵、比喻的運用，意境的呈現，作者的懷抱等等，有關內容的分析，很少會從形式美上著手。特別是音響節奏的美，這是因為一牽涉到這方面，就得用到古音學的知識，古音了解得不夠，自然無法由音響節奏去領略文學作品了。尤其對詩詞歌賦類的作品，它本身的生命所在即是音樂性，如果我們捨音樂性而不談，就成了本末倒置，無法真正抓住這些詩歌的精神，如果你賞析的是《詩經》、《楚辭》、漢賦、漢詩，你就得懂上古音，如果你賞析的是李白、杜甫、白居易、王維的詩，你就必須了解中古音。古音學的知識對文學欣賞是十分必要的，否則任何賞析都是殘缺不全的。

　　我們舉《詩經‧蓼莪》篇為例，來說明如何由音韻學的角度探索其中的韻律之美，這篇詩收入高中國文第五冊第十五課，課本的說解部分只強調了「人民勞苦，孝子不得終養」的觀點，完全忽略了它原是一篇音調鏗鏘，琅琅上口的歌謠，使〈蓼莪〉的面目成為一篇枯燥的說教文學。

　　〈蓼莪〉的前兩章是：

> 蓼蓼者莪，匪莪伊蒿。哀哀父母，生我劬勞。
> 蓼蓼者莪，匪莪伊蔚。哀哀父母，生我勞瘁。

很顯然的，這兩章運用重沓反覆的方式造成韻律感，第二章只改動了兩個詞：「蔚」和「勞瘁」。作者利用四個音節為一組的節奏單位，以四組構成一樂章，這種四乘四的音節，兩次重現，造成朗誦或歌唱上的強烈韻律感。

第一章的「劬勞」和第二章的「勞瘁」是同義詞，詞素「勞」在兩個詞中位置不同，是為押韻的緣故。第一章「勞」放在下面是為了和「蒿」相押，它們都是上古宵部韻；第二章「勞」移到前面，是因為用「瘁」字和「蔚」押韻，它們都是上古微部韻。這兩章的體例是二、四句押韻。

反覆出現的「蓼蓼者莪」和「哀哀父母」雖然都不在韻腳句中，但這兩個句子本身卻充滿了音樂之美，和韻腳句的韻律表現是相輔相成，互為搭配的。因為由當時的發音看，「蓼」是幽部字，依董同龢的擬音，主要元音為圓唇的〔o〕，作者用疊字的方式重現這兩個音節，然後接著的兩個音節「——者莪」分別是魚部與歌部，這兩部都是以〔a〕為主要元音，開口度很大。因比，「蓼蓼者莪」的音響型態就成了〔o-o-a-a〕，圓、展的交替變化了。至於「哀哀父母」則改了一個方式，不用主元音的交替變化，而用聲母的錯綜變化造成韻律效果，「哀」是念為喉塞音的影母字。「父母」是兩個雙唇音的字。因此，這一句運用了〔喉——喉——唇——唇〕的方式造成強烈的音樂性，這是最深最後的音和最淺最前的音的對比。

第三章是：

> 缾之罄矣，維罍之恥。鮮民之生，不如死之久矣！
> 無父何怙？無母何恃？出則銜恤，入則靡至。

前半的四句是「4—4—4—6」的節奏型式，末句開展為六個音節，以表現哀惜詠嘆的氣氛。而每句中重複使用「之」字，也造成了明顯的節奏感。此外，在前二章中很少出現的陽聲字（帶鼻音收尾的音節），在此不斷出現，如「餅—ng—馨—ng—鮮—n—民—n—生—ng」，運用一種鼻音共鳴的音響效果，來配合哀惜詠嘆的感情。用韻方面，「馨」和「生」是耕部字，「恥」和「久」是之部字，形成一、三句和二、四句的交叉押韻。事實上，「之恥」、「之久矣」全是之部字，有相同的韻母類型，這樣的安排，也強化了韻律感。

後半的「無父何怙？無母何恃？」以連接兩個問句的方式組成，句法相似，都是「無——何——」的結構，而前句的聲母〔m-b-g-g〕和後句的〔m-m-g-d〕全用濁音，以低沉的音響造成哀惋的氣氛。前句的「唇——唇——喉——喉」搭配，也具備了明顯的韻律效果。在韻母上，又全是魚部、歌部字，主元音都是〔a〕，韻律性益發突出。「無母何恃」的韻母則改以〔a-ə-a-ə〕的間隔運用，造成「強——弱——強——弱」的變化。押韻方面，以「恃」和前面的之部字押。

末兩句「出則銜恤，入則靡至」，音節突轉為急切短促，不但改押入聲韻「恤、至」（至字上古為入聲），且全部八個字裡，竟有六個是入聲：「出則——恤」、「入則——至」，造成「短——短——長——短」的音節型式。充分反映了作者心情的激動。

第四章是：

> 父兮生我，母兮鞠我，拊我，畜我，長我，育我，顧我，復我，
> 出入腹我。欲報之德，昊天罔極！

若以節奏看，此章分三部分：首二句是「——兮——我」的四音節句；其次是一連串的二音節句，直到「出入腹我」再展開為四音節，以舒其氣。末二句則以入聲為基調，不但押入聲「德、極」，且

「欲報」也是入聲，造成了末尾八字中，有一半是短促的音節，這樣的音效安排，一方面在表現內心情感的激動，一方面是和前面一連串的「我」字構成對比。因為「我」字的發音屬上古歌部，主元音為〔a〕，是一種可以拖長的、高昂的音節。一連九個的「我」字是這一章的特色，「我」字和四音節句、二音節句的交錯配合，可以造成極為強烈的韻律感。特別值得注意的是，九個「我」字的前面，除了「生我、長我、顧我」三個外，其餘六個全是入聲字，這樣就一連串六次形成「短——長」的節奏，強化了韻律感。

第五、六章是：

南山烈烈，飄風發發。民莫不穀，我獨何害！
南山律律，飄風弗弗。民莫不穀。我獨不卒！

這兩章形成了整齊對稱之美。其中只更動了少數幾個字，但音律上仍是相諧的。如「烈烈」和「律律」都是發 l-聲母的入聲字。「發發」和「弗弗」都是發 p-聲母的入聲字。末尾的「害」、「卒」是同韻部的入聲字。疊字詞的運用和大量入聲的出現，是這兩章的特色，這也是為表現韻律感而設的。全部三十二字中有十九字是入聲，占了一半，而入聲的分布又是和長音節的非入聲交錯出現，形成了「長——短」拍子的間雜節奏：

長長短短，長長短短，長短短短，長短長短！
長長短短，長長短短。長短短短，長短短長！

這有點像中古文學的平仄交錯，然而平仄是人為的，是固定的，《詩經》的這種節奏卻是自然的，本乎天籟的。

五、六兩章頭一句都以收舌尖鼻音的陽聲韻開頭，連著兩個響亮的音節。然後接著兩個「l——t」的字，這是除了長短之外的韻律表

現，其中舌尖部位的音反覆的出現：「南n—山n—烈烈／律律 l ——t」，這和下一句唇音的反覆出現形成對比：「飄 p'—風 p—發發 p——／弗弗 p—p—」。這種〔p'-p-p-p〕的音節形式正用來模擬風的聲響。「民莫不穀」句雖不入韻，但本身除了長短交錯的變化外，在聲母上又用了〔m-m-p-k〕的交錯形式，亦即「唇——唇——唇——牙」的音韻變化形式。第六章以「長短短短」收尾，與第五章的收尾不對稱。這是在整齊的局面中所作的一點變化。

　　全詩的音律由首二章的以陰聲韻為基調，轉而成為第五、六章的以入聲為基調，顯示了全詩的情感，由和緩的感傷，轉而為強烈的悲痛。這種用韻形式或全句的音響形式和情感內容的配合，也是我們賞析文學作品值得留意的地方。《詩經》原是音韻鏗鏘、琅琅上口、富於音樂性的歌謠，因此，我們閱讀《詩經》，也不能忽略其中的韻律之美。

16

《詩經》是四言詩嗎？

　　我們一般的觀念都認為《詩經》是四言詩，而一般對「四言詩」的理解是「以四個字為一句的詩體。」這樣的說法並不精確。因為《詩經》實際上並非四字為一句，而是以四個音節作為一個節奏單位的詩體。如果以「句」的觀念來看，《詩經》不是四言詩。

　　我們都知道，《詩經》是上古的歌謠，馬端辰《毛詩傳箋通釋》更認為「詩三百篇，未有不入樂者」。《墨子・公孟》云：「誦詩三百，弦詩三百，歌詩三百，舞詩三百」。《左傳》云：「吳季札請觀周樂，使工為之歌周南召南，並及於十二國」。《論語》云：「吾自衛反魯，然後樂正，雅頌各得其所」。《史記》云：「詩三百篇，孔子皆絃歌之，以求合韶武雅頌之意。」由這些記載可知，《詩》與樂是有密切關係的。是否每篇詩當時都可以被之管絃，看法雖不一致，至少是帶有音樂性的歌謠，這點是沒有疑問的。歌謠在朗誦上，或歌唱時，必然講究音調鏗鏘，節奏明顯。當時的習慣，以四個音節作為一個節奏單位，而不論是否表達一個完整的意義單位。例如「關關雎鳩」是一個節奏單位，包含四個音節，是音樂上的一個停頓點。但是在意義上，它還不完整，它並沒有說出這個在鳴叫的鳥怎樣了。它在語法結構上只是一個中心詞「雎鳩」，被定語「關關」修飾，整個作

為一個句子的主語，至於謂語卻在下面四個字：「在河之洲」。全部八個字才構成一句。以句子的觀點看，《詩經》的「四言」詩實在是不多的。即以關雎為例，除了剛才的第一句外，第二句以下也多半不以四字為句：

> 窈窕淑女（主語），君子好逑（謂語）。參差荇菜（主語），左右流之（謂語）。
> 窈窕淑女（主語），寤寐求之（謂語）。參差荇菜（主語），左右采之（謂語）。
> 窈窕淑女（主語），琴瑟友之（謂語）。參差荇菜（主語），左右芼之（謂語）。
> 窈窕淑女（主語），鐘鼓樂之（謂語）。

剩下只有「求之不得」、「寤寐思服」、「悠哉悠哉」、「輾轉反側」可視為有獨立意義的四個音節。全詩二十句（其實是二十個節奏單位）中，四言的僅有四句，只有 20％而已。

再以周南的十一篇詩而論，八字句有：（以斜線分割前面的主語和後面的謂語）

> 葛之覃兮／施于中谷　采采卷耳／不盈頃筐
> 肅肅兔罝／椓之丁丁　糾糾武夫／公侯干城
> 肅肅兔罝／施於中逵　糾糾武夫／公侯好仇
> 肅肅兔罝／施於中林　糾糾武夫／公侯腹心
> 采采芣苢／薄言采之　（全詩十二句皆同一型）
> 漢之廣矣／不可泳思　江之永矣／不可方思
> 翹翹錯薪／言刈其楚　翹翹錯薪／言刈其蔞

至於六字句包括：

螽斯羽／詵詵兮　我／姑酌彼金罍

螽斯羽／薨薨兮　我／姑酌彼兕觥

螽斯羽／揖揖兮

三字句有：

麟之趾／——　麟之定／——　麟之角／——

這是缺少謂語的「小句」（或稱「零句」）。至於「宜爾子孫，振振兮」則是七字句。「子孫」對上是謂語，對下是主語，這是一種兼語句。

二字句如「是刈是濩」、「為絺為綌」、「言告言歸」、「害澣害否」等。周南裡真正的四字句只有：（前為總句數，後為四字句數）

關雎——20：4　葛覃——18：10　卷耳——16：10

樛木——12：12　螽斯——12：0　桃夭——12：12

兔罝——12：12　芣苢——12：0　漢廣——24：8

汝墳——12：12　麟之趾——9：6　（總計）159：86

四字句的總數大約只占總句數的一半。

由這個比例看整個《詩經》，也莫不如此，真正的四言詩最多也只有一半而已。有的是表面即顯示非四言的，例如三字句：「隰有栗」（唐風山有樞）、「叔于田」（鄭風叔于田），五字句：「遠父母兄弟」（邶風泉水）、「四方其訓之」（大雅抑）、「未堪家多難」（周頌訪落），六字句：「曰與未有室家」（小雅雨無正）、「是以有譽處兮」（小雅蓼蕭）。有更多的是表面四言，實際並非四字句的，例如：（斜線前後共屬一個完整的句子，斜線前面是句子的主語，斜線後面是句子的謂語。沒有主語的句子就用圈表示。）

濟濟多士／秉文之德（周頌・清廟）　我／將　我／享（周頌・

我將）

○／采薇　○／采薇（周頌・清廟）　○／無菑　○／無害（大雅・生民）

○／有馮　○／有翼（大雅・卷阿）　商之孫子／其麗不億（大雅・文王）

殷商之旅／其會如林（大雅・大明）　蕩蕩上帝／下民之辟（大雅・蕩）

豈弟君子／福祿攸降（大雅・棫樸）　溫溫恭人／維德之基（大雅・抑）

大圭之玷／尚可磨也（大雅・抑）

　　因此，我們說《詩經》是「四言詩」，其涵意並不指「以四個字構成一句的詩體」，而是「以四個音節為一個節奏單位的詩體」。

析論**唐詩**中的幾個**功能詞**

一、什麼是功能詞

　　文學研究和語言學研究向來各行其是，很少有交集。本文透過語言現象的分析來看唐詩，提供的不是「美」的訊息，而是求真的描述，也就是把構成唐詩的語言，拿來做客觀的分析，把它的真相如實地描寫下來。我們認為「美」的尋求固然是文學研究的重要部分，卻不是唯一的工作。語言是傳達「美」的主要媒介，對「語言」的理性的了解，也是認識作品的重要一環，因此我們嘗試由不同的方向來解讀唐詩，探訪「美」以外的訊息。運用語言學的分析觀念和方法，去了解唐詩作家如何驅遣語言，塑造語言的方法和模式。

　　「功能詞」是一種沒有詞彙意義，只具備語法功能的語言成分。詩是一種精鍊的語言形式，一般而論，都會使用最少的詞句以表達最豐富的情感內容，因此，總是把這些功能詞減少到最低限度。這是詩歌和散文主要的不同點之一。但是，我們也看到一些作家仍然把這類功能詞用於作品中，形成了他的特殊風格。所謂功能詞的涵意接近傳統所謂的「虛字」，為什麼本文不稱之為虛字呢？第一，因為古人所

謂的虛字，經過長時間那麼多人使用，每個人的用法並不完全一致，意義比較含混不明確。例如《詞彙》的定義是：名詞、代名詞以外的字；《辭海》的定義是：舊以名字為實字，其他皆為虛字，如春風風人，下一風字為虛字。第二，功能詞並非沒有意義，而是不具備詞彙意義，卻有語法意義，也就是語法功能。實際上功能詞並不虛。第三，字與詞所代表的概念應該加以界定，字是文字學的單位，詞是語言分析的單位，因此之故本文用功能詞標題。事實上，功能詞的名稱是取自語言學上早已習用的 function word 一語。本文由唐詩三百首中歸納了這類現象，分別討論其用法。只就唐詩三百首觀察，能代表整唐詩現象嗎？我們的考慮是如果以整部全唐詩作材料，絕不是一篇論文的份量可以容納的，而唐詩三百首是前人精選出來的，最具代表性的作品，完全可以視為有效樣本，由其中反映唐詩的基本面貌。下面例句後的數字代表唐詩三百首中的序數。

二、唐詩中功能詞「在」的用法

1. 作介詞用，組成介賓結構

介詞在漢語語法體系裡是一個很重要的詞類。它的特徵是後面必然跟著一個賓語，形成「介賓結構」。這一項特徵很像及物動詞，事實上，介詞在它的發展歷史上就是由動詞演化而成的。以下我們討論「在」字在唐詩中做介詞的問題：

　　一朝選在君王側（071 白居易　長恨歌）
　　不肯低頭在草莽（048 李頎　送陳章甫）
　　別離在今晨（033 韋應物　送楊氏女）
　　沒在石稜中（257 盧綸　塞下曲四首之二）
　　狂夫富貴在青春（076 王維　洛陽女兒行）
　　身欲奮飛病在床（062 杜甫　寄韓諫議）

妾住在橫塘（253 崔顥　長干行二首之一）

幽居在空谷（010 杜甫　佳人）

故人從軍在右輔（069 韓愈　石鼓歌）

春歸在客先（137 劉長卿　新年作）

巢在三珠樹（001 張九齡　感遇四首之一）

演漾在窗戶（021 王昌齡　同從弟南齋翫月憶山陰崔少府）

漢兵屯在輪臺北（058 岑參　輪臺歌奉送封大夫出師西征）

養在深閨人未識（071 白居易　長恨歌）

　　上面這些介詞「在」字連同其賓語在句子裡都擔任補語，放在動詞或形容詞（例如「狂夫富貴在青春」中的「富貴」是形容詞）的後面，這是唐詩的最主要用法。只有極少數例子作狀語用，且唐詩三百首中只有白居易〈長恨歌〉和〈琵琶行〉如此用，例如：「在天願作比翼鳥，在地願為連理枝」、「家在蝦蟆陵下住」。這是白居易與眾不同處，也可以說是他的語言風格。

　　可是「在」字在唐詩裡也有不做功能詞，而擔任動詞的情況。我們也列出來做一個比較，藉以了解同一個字做功能詞與不做功能詞的差異。下面各字的討論我們也採取這樣的方式。儘管本文的題目是功能詞。

2.「在」作動詞用

一片冰心在玉壺（264 王昌齡　芙蓉樓送辛漸）

獨在異鄉為異客（263 王維　九月九日憶山東兄弟）（這是兩個
　　　　　　　　　　　小句的並列，動詞是「在」和「為」）

人生在世不稱意（056 李白　宣州謝朓樓餞別校書叔雲）

人在木蘭舟（163 馬戴　楚江懷古）

三千寵愛在一身（071 白居易　長恨歌）

山在虛無縹緲間（071 白居易　長恨歌）

文成破體書在紙（073 李商隱　韓碑）（此句的「文」和「書」

是前後兩個並列結構的名詞主語，「在」是動
詞）

主人下馬客在船（072 白居易　琵琶行并序）

只在此山中（249 賈島　尋隱者不遇）

玉花卻在御榻上（061 杜甫　丹青引贈曹霸將軍）

在山泉水清（010 杜甫　佳人）

在長安（080 李白　長相思二首之一）

羽人稀少不在旁（062 杜甫　寄韓諫議）

行人弓箭各在腰（086 杜甫　兵車行）

君今在羅網（011 杜甫　夢李白二首之一）

承恩不在貌（167 杜荀鶴　春宮怨）

長在漢家營（095 沈佺期　雜詩）

泉源在庭戶（026 元結　賊退示官吏并序）

洞在清谿何處邊（262 張旭　桃花谿）（這句的基礎結構是「洞
在谿邊」，「清」和「何處」是修飾成分。）

豺狼在邑龍在野（089 杜甫　哀王孫）

崩年亦在永安宮（193 杜甫　詠懷古跡五首之四）

單于已在金山西（058 岑參　輪臺歌奉送封大夫出師西征）

無為在歧路（092 王勃　送杜少府之任蜀州）

漢家煙塵在東北（074 高適　燕歌行並序）

臨潁美人在白帝（064 杜甫　觀公孫大娘弟子舞劍器行并序）

「在」字還可以形成複合結構「安在、何在」，例如：

今安在（082 李白　行路難三首之一）

明眸皓齒今何在（088 杜甫　哀江頭）

卻看妻子愁何在（185 杜甫　聞官軍收河南河北）

落葉人何在（160 李商隱　北青蘿）

句子裡的「安」與「何」是賓語前置，古漢語的規律，凡疑問句中的疑問代詞必須提前到動詞之前。

由這些例子可以知道，「在」字在唐詩中如果做動詞，大部分是及物動詞。後面總是接一個賓語。這就是為什麼「在」字會發展成介詞的原因，介詞是一定帶賓語的。只有少數例子是不及物動詞的用法：

謝公宿處今尚在（054 李白　夢遊天姥吟留別）

國破山河在（106 杜甫　春望）

欲祭疑君在（151 張籍　沒蕃故人）

羊公碑字在（125 孟浩然　與諸子登峴山）

但使龍城飛將在（315 王昌齡　出塞）

白頭宮女在（245 元稹　行宮）

江上幾人在（161 溫庭筠　送人東遊）

凡是不及物動詞的用法，唐詩的習慣總是放置於最末一字，這也構成唐詩語言風格之一面。

三、唐詩中功能詞「以」的用法

1. 作介詞用，組成介賓結構

以手撫膺坐長歎（079 李白　蜀道難）

以火來照所見稀（066 韓愈　山石）

以我獨沉久（148 司空曙　喜外弟盧綸見宿）

能以精誠致魂魄（071 白居易　長恨歌）

欲以菲薄明其衷（068 韓愈　謁衡嶽廟遂宿嶽寺題門樓）

本以高難飽（156 李商隱　蟬）

安能以此上論列（069 韓愈　石鼓歌）

語言風格與文學韻律

這些介詞「以」字和上述的「在」字有一點很不一樣的地方，「在」字基本上都擔任補語，而「以」字由這些例子看來，都擔任狀語，放在動詞的前面，修飾動詞。如果翻譯成白話，相當於「用」字。以手撫膺指用手撫膺，以火來照指用火來照。但是現代漢語的「用」字的語法功能和唐詩的「以」字並不全等，所以「欲以菲薄明其衷」的以字就要翻譯成依賴、憑藉。因此我們不能拿可不可以翻譯為白話的「用」字，做為唐詩語法的判斷標準。「本以高難飽」的以字則需譯為白話的由於、因為。「以我獨沉久」的以字沒有相當的白話，所以一般唐詩的註解或不翻譯，或用其他字代替。「以我」其實在修飾「獨沉」，這和「我獨沉」並不一樣。如果只說「我獨沉」，則「我」是主語，「獨沉」是謂語。

以字的介賓結構擔任補語的只有下面一例：負以靈鼇蟠以螭（073 李商隱　韓碑），動詞是「負」字和「蟠」字。

2.「以」的其他功能詞用法

「以」字還可以做連詞用，功能與「而」字同。例如：

酌飲四座以散愁（065 元結　石魚湖上醉歌并序）
誰能絕人命，以作時世賢（026 元結　賊退示官吏并序）
忽魂悸以魄動（054 李白　夢遊天姥吟留別）

「以」字在唐詩中已有組合成複合詞的例子，像下面的「可以」、「何以」、「是以」、「以來」都是。其中只有「是以」做連詞，屬功能詞。

可以橫絕峨眉巔（079 李白　蜀道難）
可以薦嘉客（004 張九齡　感遇四首之四）
對此可以酣高樓（056 李白　宣州謝朓樓餞別校書叔雲）

何以有羽翼（011 杜甫　夢李白二首之一）

城小賊不屠，人貧傷可憐，是以陷鄰境（026 元結　賊退示官吏
并序）

國初以來畫鞍馬（060 杜甫　韋諷錄事宅觀曹將軍畫馬圖）

3.「以」作動詞、名詞用

「以」字做動詞的情況在唐詩中比較少見，通常以複合詞「以為」的形式出現。例如：以為封禪玉檢明堂基（073 李商隱　韓碑）。

至於做名詞用的「以」字，例如：與余問答既有以（064 杜甫　觀公孫大娘弟子舞劍器行并序），「有以」的以字做「因也，故也」講，是名詞。

四、唐詩中功能詞「從」的用法

1. 作介詞用，組成介賓結構

公從何處得紙本（069 韓愈　石鼓歌）

即從巴峽穿巫峽（185 杜甫　聞官軍收河南河北）

我從去年辭帝京（072 白居易　琵琶行并序）

或從十五北防河（086 杜甫　兵車行）

罪從大辟皆除死（067 韓愈　八月十五夜贈張功曹）

居人共住五陵源，還從物外起田園（078 王維　桃源行）

這些例子介賓結構之後的動詞都是及物動詞。下面有一些例子是不及物動詞。

露從今夜白（109 杜甫　月夜憶舍弟）

暮從碧山下（005 李白　下終南山過斛斯山人宿置酒）

客從東方來（030 韋應物　長安遇馮著）

秋色從西來（025 岑參　與高適薛據登慈恩寺浮圖）

租稅從何出（086 杜甫　兵車行）

笑問客從何處來（261 賀知章　回鄉偶書）

來從楚國遊（101 李白　渡荊門送別）

以上的例子顯示「從」字組成的介賓結構，一律擔任狀語，用來修飾後面的動詞。沒有擔任補語的例子。

2.「從」作動詞用

「從」字在唐詩中是否也有非功能詞的用法呢？下面是做動詞的例子：

故人從軍在右輔（069 韓愈　石鼓歌）

弟走從軍阿姨死（072 白居易　琵琶行并序）

強欲從君無那老（181 王維　酬郭給事）

「從」字做動詞，一般都是及物，後面帶賓語。不及物的只有下面兩句：雄飛雌從繞林間（079 李白　蜀道難）；春從春遊夜專夜（071 白居易　長恨歌），這裡的「從」是跟從的意思。

3.「從」字所構成的複合詞

「從」字在唐詩中往往可以構成複合詞，例如：

從今又幾年（137 劉長卿　新年作）

從今四海為家日（204 劉禹錫　西塞山懷古）

遠送從此別（111 杜甫　奉濟驛重送嚴公四韻）

從此君王不早朝（071 白居易　長恨歌）

敢告雲山從此始（049 李頎　琴歌）

死節從來豈顧勳（074 高適　燕歌行並序）

從來幽幷客，皆共塵沙老（036 王昌齡　塞上曲）

自從棄置便衰朽（077 王維　老將行）

自從獻寶朝河宗（060 杜甫　韋諷錄事宅觀曹將軍畫馬圖）

　　這些複合詞包括從今、從此、從來、從臣、自從，都是時間副詞。另外也可以構成名詞性的複合詞：從臣、資從、賓從、從事。

從臣才藝咸第一（069 韓愈　石鼓歌）

資從豈待周（033 韋應物　送楊氏女）（指資財、僕從，即嫁妝。）

賓從雜遝實要津（087 杜甫　麗人行）

汝從事愈宜為辭（073 李商隱　韓碑）

五、唐詩中功能詞「由」的用法

　　「由」字可以做連詞，連接兩個句子，表示因果關係。例如：衛青不敗由天幸（077 王維　老將行），「由天幸」的意思是「因為天的賜福」。「由」字也可以做介詞，例如：道由白雲盡（143 劉脊虛　闕題）。

　　此外，「由」字還可以組成複合詞，例如何由、由來：

繕性何由熟（034 柳宗元　晨詣超師院讀禪經）

玉璫緘札何由達（216 李商隱　春雨）

由來征戰地（038 李白　關山月）

由來輕七尺（047 李頎　古意）

　　其中，「何由」做狀語，用來修飾後面的動詞。「由來」是時間副詞，表「向來」的意思。

　　「由」字也可以不做功能詞，而做動詞。例如：人生由命非由他

語言風格與文學韻律

（067 韓愈　八月十五夜贈張功曹），不過這種情形在唐詩中不多。

六、唐詩中功能詞「為」的用法

1. 作介詞用，組成介賓結構

久為簪組累（035 柳宗元　溪居）
幼為長所育（033 韋應物　送楊氏女）
樹木猶為人愛惜（063 杜甫　古柏行）
豈必局束為人鞿（066 韓愈　山石）（為人鞿即被人所管束）

這幾句的「為」字構成被動句，相當於現代的「被」字。「為」字所組成的介賓結構修飾放在後頭的動詞。

下面幾句的「為」字構成主動句。介詞「為」及其賓語擔任狀語，共同修飾後面的動詞。

天地為之久低昂（064 杜甫　觀公孫大娘弟子舞劍器行并序）
且為王孫立斯須（089 杜甫　哀王孫）
為他人作嫁衣裳（222 秦韜玉　貧女）
為君翻作琵琶行（072 白居易　琵琶行并序）
為我一揮手（103 李白　聽蜀僧濬彈琴）
為我度量掘臼科（069 韓愈　石鼓歌）
細柳新蒲為誰綠（088 杜甫　哀江頭）
蓬門今始為君開（183 杜甫　客至）
請君為我側耳聽（085 李白　將進酒）
涼州胡人為我吹（051 李頎　聽安萬善吹觱篥歌）
猶為離人照落花（310 張泌　寄人）

有時候介詞「為」的賓語為疑問代詞「何、胡、誰」，出現的位

置移到介詞「為」之前。例如「何為」、「胡為」、「誰為」：

　　主人何為言少錢（085 李白　將進酒）

　　美人胡為隔秋水（062 杜甫　寄韓諫議）

　　胡為乎來哉（079 李白　蜀道難）

　　問客何為來（030 韋應物　長安遇馮著）

　　誰為含愁獨不見（223 沈佺期　古意呈補闕喬知之）

　　誰為表予心（093 駱賓王　在獄詠蟬并序）

2.「為」作動詞用

在唐詩裡，有時候「為」字不是功能詞，而是動詞。例如下面的句子：

　　十四為君婦（043 李白　長干行）

　　山為樽　水為沼（065 元結　石魚湖上醉歌并序）

　　今為羌笛出塞聲（047 李頎　古意）

　　今朝為此別（028 韋應物　初發揚子寄元大校書）

　　化為狼與豺（079 李白　蜀道難）

　　夫子何為者（090 唐玄宗　經鄒魯祭孔子而歎之）

　　少孤為客早（145 盧綸　李端公）

　　弔影分為千里雁（208 白居易　寄上浮梁大兄）

　　日暮聊為梁父吟（187 杜甫　登樓）

　　以為封禪玉檢明堂基（073 李商隱　韓碑）

　　古來材大難為用（063 杜甫　古柏行）

　　在地願為連理枝（071 白居易　長恨歌）

　　好為廬山謠（053 李白　廬山謠寄盧侍御虛舟）

　　此地一為別（102 李白　送友人）

　　汝從事愈宜為辭（073 李商隱　韓碑）

　　江漢曾為客（140 韋應物　淮上喜會梁川故人）

自爾為佳節（002 張九齡　感遇四首之二）

但道困苦乞為奴（089 杜甫　哀王孫）

於今為庶為青門（061 杜甫　丹青引贈曹霸將軍）

初為霓裳後六么（072 白居易　琵琶行并序）

金石刻畫臣能為（073 李商隱　韓碑）（動詞「為」的賓語提前，
即金石刻畫）

青鳥殷勤為探看（215 李商隱　無題）

南山截竹為觱篥（051 李頎　聽安萬善吹觱篥歌）

神縱欲福難為功（068 韓愈　謁衡嶽廟遂宿嶽寺題門樓）

從今四海為家日（204 劉禹錫　西塞山懷古）

教妾若為容（167 杜荀鶴　春宮怨）

清光猶為君（024 常建　宿王昌齡隱居）

烹羊宰牛且為樂（085 李白　將進酒）

訪舊半為鬼（009 杜甫　贈衛八處士）

朝為越溪女（017 王維　西施詠）

嘔啞嘲哳難為聽（072 白居易　琵琶行并序）

夢為遠別啼難喚（212 李商隱　無題二首之一）

誰復著手為摩挲（069 韓愈　石鼓歌）

獨在異鄉為異客（263 王維　九月九日憶山東兄弟）

霓為衣兮風為馬（054 李白　夢遊天姥吟留別）

願為持竿叟（023 綦毋潛　春泛若耶溪）

　　由這些例子看，顯然「為」字在唐代做動詞是一個普遍的現象。可見「為」字仍以動詞性為主，尚未完全發展成介詞。「為」的後面必有賓語，其賓語有兩種情況：一為名詞做賓語，一為動賓結構作賓語。上面的例子屬前者。至於動賓結構作賓語的例如：

　　一為取龍城（095 沈佺期　雜詩）

　　川為靜其波（050 李頎　聽董大彈胡笳聲兼寄語弄房給事）

風雲常為護儲胥（214 李商隱　籌筆驛）

無為在歧路（092 王勃　送杜少府之任蜀州）

「為」字在唐詩中沒有發現做繫詞的。上例中的「山為樽　水為沼」看似繫詞，其實仍是「作為」的意思。和現代漢語的「是」字並不相同。

3.置於句首作發語詞

「為」字在唐詩中還有一種較特殊的用法，就是置於句首作發語詞。例如：

為有雲屏無限嬌（300 李商隱　為有）

為乘陽氣行時令（179 王維　奉和聖製）

為問天戎竇車騎（201 皇甫冉　春思）

為感君王輾轉思（071 白居易　長恨歌）

其中，「為有」這樣的結構在唐詩中是慣用語，使用的頻率很高。例如下列幾首詩：

穆王何事不重來，為有橋邊拂面香（李商隱　瑤池）

樹深人出稀，為有趨庭戀（趙嘏　曉發）

驚鳥卻棲難，為有門前路（李頻　送廬圖南往荊州）

為有詩從鳳沼來，飲蟬驚雨落高槐（李郢　秋晚寄題陸勛）

為有水東流，欲附故鄉信（于武陵過侯王故弟）

為有煙霞伴此身，帶日長江好歸信（高駢　春日招賓）

為有天下憂，孫弘不開閣（邵謁下第有感）

為有挂冠期，顧我飄蓬者（李德裕　秋日登郡樓）

為有登臨興（姚合　霽後登樓）

為有入城期，但取詩名遠（朱慶餘　送張景宣下弟東歸）

今朝蹋作瓊瑤跡，為有詩從鳳沼來（韓愈　酬王二十舍人）

阿侯在何處，為有傾人色（李賀　淥水詞）

驪姬壙地君寧覺，嗚呼為有白色毛（元稹　有鳥二十章）

為有好文章，偃蹇月中桂（白居易　文柏床）

為有秋期眠不足，遙愁今夜河水隔（王建　七夕曲）

為有傾城色，翻成足愁苦（琴曲歌詞淥水詞）

為有傳書意，翩翩入上林（虞世　南秋雁）

　　以上各句中「為有」的「為」字是句首語助詞。一律用於句子的
開頭。「有」是存在動詞。

七、唐詩中功能詞「是」的用法

1. 作繫詞用

　　所謂繫詞，就是今天「我是老師」的是字的用法。古代多用「為」
字表示，「是」字做繫詞比較後起。繫詞的性質接近動詞，現代語法
學者也有把他歸入動詞，屬動詞的一個類，稱為「判斷動詞」。因
此，做繫詞用的「是」字不是功能詞。

日暮鄉關何處是（170 崔顥　黃鶴樓）（即何處是鄉關的意思）

月是故鄉明（109 杜甫　月夜憶舍弟）

去時冠劍是丁年（220 溫庭筠　蘇武廟）

未妨惆悵是清狂（218 李商隱　無題二首之二）

來是空言去絕蹤（212 李商隱　無題二首之一）

兩三星火是瓜州（286 張祜　題金陵渡）

或恐是同鄉（253 崔顥　長干行二首之一）

所得是沾衣（158 李商隱　落花）

是妾斷腸時（007 李白　春思）

清時有味是無能（289 杜牧　將赴吳興登樂遊原）

雪膚花貌參差是（071 白居易　長恨歌）

興是清秋發（018 孟浩然　秋登蘭山寄張五）

　　唐詩中大多數情況在繫詞「是」的前面加上修飾成分，組成「不是、反是、只是、正是、同是、都是……」等偏正詞組，可以和「是」字組合的成分十分多樣。

不是宸遊玩物華（179 王維　奉和聖製）

反是生女好（086 杜甫　兵車行）

只是近黃昏（248 李商隱　登樂遊原）

只是當時已惘然（209 李商隱　錦瑟）

正是江南好風景（271 杜甫　江南逢李龜年）

同是天涯淪落人（072 白居易　琵琶行并序）

同是長干人（254 崔顥　長干行二首之二）

同是宦遊人（092 王勃　送杜少府之任蜀州）

百年都是幾多時（207 元稹　遣悲懷三首之三）

自言本是京城女（072 白居易　琵琶行并序）

妝成祇是薰香坐（076 王維　洛陽女兒行）

扶持自是神明力（063 杜甫　古柏行）

始是新承恩澤時（071 白居易　長恨歌）

況是蔡家親（148 司空曙　喜外弟盧綸見宿）

春來遍是桃花水（078 王維　桃源行）

恐是漢代韓張良（062 杜甫　寄韓諫議）

神女生涯原是夢（218 李商隱　無題二首之二）

終是聖明天子事（306 鄭畋　馬嵬坡）

莫是□砧歸（□ ＝萬在禾之上，ㄍㄠ）（243 權德輿　玉臺體）

最是楚宮俱泯滅（191 杜甫　詠懷古跡五首之二）

曾是寂寥金燼暗（217 李商隱　無題二首之一）

無情最是臺城柳（308 韋莊　金陵圖）

第17章　析論唐詩中的幾個功能詞

　　猶是孤帆一日程（202 盧綸　晚次鄂州）

　　猶是深閨夢裡人（309 陳陶　隴西行）

　　等是有家歸未得（311 無名氏　雜詩）

　　雲山況是客中過（173 李頎　送魏萬之京）

　　疑是地上霜（233 李白　夜思）

　　錦帆應是到天涯（211 李商隱　隋宮）

　　應是釣秋水（022 邱為　尋西山隱者不遇）

　　總是玉關情（041 李白　子夜四時歌　秋歌）

　　2.非功能詞的用法中，「是」可以作代詞用，相當於「此」，例如：

　　是日牽來赤墀下（061 杜甫　丹青引贈曹霸將軍）

　　是夜越吟苦（021 王昌齡　同從弟南齋翫月憶山陰崔少府）

　　3.構成複合詞「是非、是以」：

　　君憐無是非（017 王維　西施詠）

　　理會是非遣（027 韋應物　郡齋雨中與諸文士燕集）

　　是以陷鄰境（026 元結　賊退示官吏并序）

　　「是以」在句子裡擔任連詞，是唯一做功能詞用的例子。

八、唐詩中功能詞「之」的用法

　　1.作結構助詞用

　　所謂「結構助詞」即今天「我的毛筆」中「的」字的用法。古代常用「之」字表示。

下有衝波逆折之迴川（079 李白　蜀道難）

上有六龍回日之高標（079 李白　蜀道難）

今之新圖有二馬（060 杜甫　韋諷錄事宅觀曹將軍畫馬圖）

今日之日多煩憂（056 李白　宣州謝朓樓餞別校書叔雲）

公之斯文不示後（073 李商隱　韓碑）

公之斯文若元氣（073 李商隱　韓碑）

水精之盤行素鱗（087 杜甫　麗人行）

仙之人兮列如麻（054 李白　夢遊天姥吟留別）

失向來之煙霞（054 李白　夢遊天姥吟留別）

石鼓之歌止於此（069 韓愈　石鼓歌）

星宮之君醉瓊漿（062 杜甫　寄韓諫議）

昨日之日不可留（056 李白　宣州謝朓樓餞別校書叔雲）

將軍魏武之子孫（061 杜甫　丹青引贈曹霸將軍）

惟覺時之枕席（054 李白　夢遊天姥吟留別）

紫駝之峰出翠釜（087 杜甫　麗人行）

開元之中常引見（061 杜甫　丹青引贈曹霸將軍）

雲之君兮紛紛而來下（054 李白　夢遊天姥吟留別）

黃河之水天上來（085 李白　將進酒）

嗟爾遠道之人（079 李白　蜀道難）

　　上面這些例子，「之」後面都是被修飾的名詞。另有一種狀況，「之」後面是動詞或形容詞，如果去掉「之」字，就成為主語和謂語兼備的完整句子。這種情況稱為「主之謂結構」。例如：

蜀道之難難於上青天（079 李白　蜀道難）
念天地之悠悠（046 陳子昂　登幽州臺歌）
黃鶴之飛尚不得（079 李白　蜀道難）

　　去掉「之」字便成為「蜀道難、天地悠悠、黃鶴飛」。

2.非功能詞的用法中，「之」可以作代詞用，相當於「此」：

之子期宿來（020 孟浩然　宿業師山房待丁大不至）

升天入地求之遍（071 白居易　長恨歌）

天地為之久低昂（064 杜甫　觀公孫大娘弟子舞劍器行并序）

何必待之子（022 邱為　尋西山隱者不遇）

別意與之誰短長（055 李白　金陵酒肆留別）

我欲因之夢吳越（054 李白　夢遊天姥吟留別）

迫之如火煎（026 元結　賊退示官吏并序）

問之不肯道姓名（089 杜甫　哀王孫）

焉得置之貢玉堂（062 杜甫　寄韓諫議）

傳之七十有二代（073 李商隱　韓碑）

虜騎聞之應膽懾（057 岑參　走馬川行奉送封大夫出師西征）

讒之天子言其私（073 李商隱　韓碑）

詠神聖功書之碑（073 李商隱　韓碑）

3.非功能詞的用法中，「之」還可以作動詞用，相當於「往」：

日暮復何之（134 劉常卿　送李中丞歸漢陽別業）

片影獨何之（166 崔塗　孤雁）

問君何所之（013 王維　送別）

九、唐詩中其他功能詞的用法

除了上面討論的七個功能詞之外，唐詩還出現下面幾種功能詞，但是出現的頻率沒有上面幾個高。

1.「於」字

「於」字在唐詩中一律擔任介詞，和後面的賓語組合成介賓結

構。又可分為兩種情況：一是做狀語，一是做補語。前者如：

於今為庶為青門（061 杜甫　丹青引贈曹霸將軍）
於今腐草無螢火（211 李商隱　隋宮）
富貴於我如浮雲（061 杜甫　丹青引贈曹霸將軍）
轉於僮僕親（165 崔塗　巴山道中除夜有懷）

這些句子的動詞都放在介賓結構的後面。另外一類做補語的，動詞都放在介賓結構的前面。如：

杲杲寒日生於東（068 韓愈　謁衡嶽廟遂宿嶽寺題門樓）
中朝大官老於事（069 韓愈　石鼓歌）
石鼓之歌止於此（069 韓愈　石鼓歌）
此事不係於職司（073 李商隱　韓碑）
蜀道之難難於上青天（079 李白　蜀道難）

這些句子的動詞或形容詞（生、老、止、係、難）都放在介賓結構的前面。「於」字出現的次數並不少於前面的「由」字，何以沒放在前面討論？這是因為「於」字的用法比較單純，只有介詞一種性質；而「由」字則複雜得多，可以做連詞、介詞、動詞、以及複合結構。

2.「而」字

獨愴然而涕下（046 陳子昂　登幽州臺歌）
雲之君兮紛紛而來下（054 李白　夢遊天姥吟留別）
悅驚起而長嗟（054 李白　夢遊天姥吟留別）
劍閣崢嶸而崔嵬（079 李白　蜀道難）

「而」字在唐詩中使用的頻率極低。上面的四個例子，有三個是出現於李白的詩中，說明李白詩的獨特風格。李白有道家思想，崇尚自然，反對束縛，因此做詩也把口語的句法進來，不避使用功能詞，自由抒寫，縱恣無束。這些「而」字都是連詞。

3.「也」字

其險也如此（079 李白　蜀道難）
也曾因夢送錢財（206 元稹　遣悲懷三首之二）

「也」字是一般文言中最常見的句末語氣詞，但在詩中絕少使用。上例又是只出現於縱恣無束的李白作品裡。至於第二例，是個副詞，不算功能詞。

4.「矣」字

垂釣將已矣（015 王維　青谿）
英雄割據雖已矣（061 杜甫　丹青引贈曹霸將軍）

「矣」字也是一般文言中最常見的句末語氣詞，但在詩中絕少使用。

5.「哉」字

嗟哉吾黨二三子（066 韓愈　山石）
彼何人哉軒與羲（073 李商隱　韓碑）
危乎高哉（079 李白　蜀道難）
胡為乎來哉（079 李白　蜀道難）
哀哉王孫慎勿疏（089 杜甫　哀王孫）

「哉」字也是一般文言中最常見的句末語氣詞，但在詩中絕少使

用。這個字又是最常出現於縱恣無束的李白作品裡。

6.「焉」字

豈不如賊焉（026 元結　賊退示官吏并序）

「焉」字也是一般文言中最常見的句末語氣詞，但在詩中絕少使用。「焉」字的另外一個用法是放在句首，作疑問詞用。例如：焉知二十載（009 杜甫　贈衛八處士）；焉得置之貢玉堂（062 杜甫　寄韓諫議），「焉知、焉得」就是「安知、安得」。

7.「乎」字

危乎高哉（079 李白　蜀道難）
胡為乎來哉（079 李白　蜀道難）

「乎」字也是一般文言中最常見的句末語氣詞，但在詩中絕少使用。這個字又是最常出現於縱恣無束的李白作品裡。

8.「夫」字

岱宗夫如何（008 杜甫　望嶽）

「夫」字是一般文言中常見的語助詞，通常用於句首，上例則用於句中。

上面八個功能詞中，其中五個都有李白的作品，而總數量也以李白最多，可以說，常用功能詞入詩，是李白的語言風格之一。

本章共討論了十五個唐詩中的功能詞，當然還不是唐詩語法上全部的功能詞，但是至少已涵蓋了絕大部分。無疑的，它們是最主要功能詞，出現的頻率占了功能詞的絕大部分。本來，詩之所以為詩，重在其精鍊性，是高度壓縮的語言，使用了最少的字去表達最多樣、最

豐富的情感和內容。傳統稱為「虛字」的這些功能詞在意義上既然很「虛」，本來是不該在詩中出現的。在詩歌裡出現，通常有下列幾個因素：第一，由於韻律上音節對襯的需要，因為五言或七言字數的限制，如果所要表達的概念用不著這麼多字，就會把通常應該省略去的功能詞也安插上去，湊足字數。第二，是情感表現上的需要。有時為了表達某種特別的氣勢、語氣、或情緒，功能詞就成了一項重要手段。就功能詞的類型來看，這十五個詞包含了：

- 介詞。如：「在、以、從、由、為、於」六個。
- 語氣詞。如：「為、也、矣、哉、乎、焉、夫」七個。
- 結構助詞。如：「之」字。
- 疑問助詞。如：「焉」字。
- 連詞。如：「而、由、以」字，和複合連詞「是以」。

本章的研究沒有再細分律詩、絕句、和古詩，如果是較大規模的研究，還可以把這些類別分別進行觀察，特別是律絕和古詩之間在語言運用上必然存在著明顯的差別，這方面有賴於新興的語言風格學的幫助，可以描寫出其間體裁風格的細微差異。

18

論**擬聲詞**聲音結構中的**邊音成分**

一、什麼是擬聲詞？

　　擬聲詞又稱為象聲詞、摹聲詞、狀聲詞。它是摹擬自然界聲音的一種詞彙。通常是把漢字當成「音標」符號，來構成擬聲詞。它和音譯詞、聯綿詞在性質上是同類的，漢字只用來表音，而無關乎字義，因此，它們都是「衍聲詞」，和「合義詞」為相對的概念。

　　因為擬聲詞多半用來描繪、形容，因而有人把它歸屬形容詞。也有人把主觀的感情、情緒所興發的聲音（例如：唉！啊呀！嗚乎！）歸入擬聲詞，都是不妥當的。

　　形容詞和擬聲詞仍有界限存在，前者的重疊形式有強調意味和感情色彩，擬聲詞的重疊形式是純表音的，不產生任何附加意義❶。擬聲詞在語法上不像形容詞可以受程度副詞和否定副詞的修飾，例如我們不會說「雨點十分嘩拉嘩拉地下著」，也不會說「風不呼呼地吹著」。擬聲詞也不能用「Ａ不Ａ」的方式表示疑問。擬聲詞可以和數量詞結合，而形容詞不能。雙音節的重疊，擬聲詞可以是 AABB 式（叮叮噹噹），也可以是 ABAB 式（叮噹叮噹），形容詞通常只是

AABB式。擬聲詞在句中的位置比較靈活，有較大的獨立性，形容詞則不具備這樣的特性。

擬聲詞和感嘆詞也有明顯的界限，除了前者是外在客觀的聲音，後者是內在主觀的情緒之外，嘆詞沒有與其他詞組合的能力，擬聲詞可以；嘆詞總是個獨立成分，不做句子成分，擬聲詞可做獨立成分外（「碰！碰！槍響了兩聲」），常做定語、狀語，還可做謂語（「車轔轔，馬蕭蕭」、小鳥在枝上「嘰嘰喳喳」）。嘆詞可以單獨回答問題，例如「你去過了吧？」「嗯！」，擬聲詞則不能。因此，把嘆詞、問答詞歸入擬聲詞是不妥的。

我們把擬聲詞定義為「客觀事物的聲音」。正如《劍橋百科全書》（*Cambridge Encyclopedia*）說的：

The imitation of a natural（or mechanical）sound in language. This may be found in single words（screech, babble, tick-tock）or in longer units.

《孔頓百科全書》（*Compton's Encyclopedia*）定義為：

formation of words in imitation of natural sound as cuckoo, hum.

《世界百科全書》（*World Book*）云：

Onomatopoeia is the formation of words to imitate natural sounds. The buzz of a bee, the hoot of an owl, and the fizz of soda water are examples of words created from the natural sound.

這些資料都強調了「模擬自然之聲」這個特徵。這正是本文探索的範圍。

擬聲詞的研究興起於五〇年代，論及這方面的文章例如褚四荊〈象聲字〉❷、任叶善〈談象聲詞〉❸、廖化津〈說象聲字〉❹、劉秉文〈再談象聲詞〉❺等。至八〇年代達於高潮，除了一般談語法的專著外，單篇論文如邵敬敏〈擬聲詞初探〉❻、趙金叶〈元人雜劇中

的象聲詞〉❼、張博〈象聲詞簡論〉❽、李樹儼〈也談象聲詞的語法地位〉❾、炳南、文同〈象聲詞應該自一成類〉❿、党懷興〈談象聲詞的歸類〉⓫、邵敬敏〈擬聲詞的修辭特色〉⓬、阮顯忠〈擬聲詞及其修辭作用〉⓭、鄭德剛、汪凡〈現代漢語的象聲詞〉⓮、孟琮〈北京話的擬聲詞〉⓯徐慧〈試論現代漢語象聲詞的語法地位〉⓰等。

然而，向來擬聲詞的研究多重在語法和修辭方面，很少對擬聲詞的內部結構，特別是語音結構進行深入探索的，這正是本文擬研究的重點。

但國干、劉金華〈摹聲的結構類型及摹聲詞的語法特點〉⓱曾觸及內部結構問題，他分為：⑴ A 式（咚！）；⑵ AA 式（潺潺，汪汪）；⑶ AB 式（轟隆）；⑷ ABB 式（嘩拉拉、淅瀝瀝）；⑸ AAB 式（劈劈啪）；⑹ AABB 式（嘀嘀嗒嗒）；⑺ A 里 AB 式（哇里哇啦）；⑻ A 里 BC 式（嘰里咕嚕）；⑼ ABBB 式（咕嚕嚕嚕）；⑽ AABA式（噠噠嘀噠）；⑾ AAAB式（嘀嘀嘀噠，以上兩種較少）；⑿ ABCD 式（丁鈴當郎）。

孟琮〈北京話的擬聲詞〉⓲則分為：⑴ A 式（唰！）及其疊用式；⑵ AB式（噗通），可重疊為ABAB式，或部分重疊為ABB式；⑶ A+B 式（雙音複合，如丁當），可重疊為 AABB 式，此式的兩字聲母相同，前音節元音為 i，後音節元音為 a 或 u；⑷ ABCD式（嘰里呱啦），A 與 C，B 與 D 為雙聲，韻母 CD 與 AB 也有對應關係，聲母 b/p，d/t，j/q 可互相換用。

孟氏分為四類，不是平面的展開列舉，而是觀察分析了彼此各類的結構關係，作了層次的歸類，也提出了些規律的描述，分析十分允當。

然而，前述各文都沒有能對構成擬聲詞的一個重要成分——舌尖邊音，進行探索，這是本文希望有所補足的。

二、客觀聲音與主觀音感

擬聲詞是模擬自然界聲響而造的，幾乎世界上所有的語言都存在著這種詞類。一般來說，語言中音與義的關係是偶然的、約定俗成的，什麼事物用什麼音來表示它，最初都沒有必然的關聯。但是，擬聲詞的聲音和意義之間，卻有著某種程度的聯繫，因此，雞叫漢語是「咕--咕咕」，英語是 cocka-a-doodle-doo，法語是 coquerico；貓叫漢語是「喵」，英語是 meow；漢語「咯咯」的笑，英文是 cackle；漢語的「咳」，英文是 cough。因為無論哪個語言，模擬的都是同一件客觀事物。

然而，我們比較各種語言的擬聲詞，發覺不一致的情況更多。例如漢語羊叫為「咩」，英文卻是 baa 或 bleat，法文是 belemnet；漢語蜜蜂叫為「嗡嗡嗡」，英文卻是 buzz，法文是 bourdonner；漢語說「噓」，英文是 hiss，法文是 siffler；漢語的「布穀」，英文是 cuckoo；漢語「吱吱」為鼠叫，英文卻是 squeak，法文是 couic；漢語說「鳥鳴嚶嚶」，英文是 chirp，法文是 pepier；漢語說「蕭蕭馬鳴」，英文卻說 neigh，法文是 hennir；漢語說「潺潺流水」，英文說 murmur；漢語說「叮噹」，英文是 clank，法文是 cliqueter；漢語說抱怨不滿之聲為「嘰咕」，英文卻是 grumble，法文是 bougonner；漢語說打「嗝」，英文是 hic-cup，法文是 hoquet；漢語笑「嘻嘻」，英文是 chuckle，法文是 glousser；漢語說「喋喋」不休，英文是 chatter，法文是 bavarder；漢語說「牙牙」學語，英文是 babble，法文是 gazouiller。既然模擬的對象相同，為什麼在不同的語言裡會有這樣的差異呢？

擬聲詞和善於口技者之摹仿客觀事物的發音，表面上看來是一樣的道理，實質上卻大不相同。在口技表演中，我們可以聽到模仿豬叫、牛叫、雞叫、各種動物的叫聲，也可以聽到模仿風吹，下雨、山崩、各種自然界的聲響，還可以聽到模仿洗衣機轉動、門鈴作響、嬰

兒哭泣、老人咳嗽、快步下樓梯等日常生活中的聲響。所發的聲音都惟妙惟肖，和真實的沒有兩樣。那是客觀事物的完整複製，沒有加入一點人為的因素。擬聲詞則不然，它雖然也是摹擬客觀事物的聲音，卻有很大的主觀性，主觀音感每個人不會完全一樣，每個民族差異就更大了。因此，客觀存在的音響，通過我們耳朵和大腦的詮釋，主觀音感的辨識，而有了擬聲詞，此為其特性之一。自然界的聲音無限，而任何語言的音位系統卻是有限的幾個，我們聽到的聲音，還得在有限的這幾個音位中去選擇，找出適合的音和適合的字來表達，這樣的模擬，必然會失真。此為擬聲詞特性之二。因此，它和口技的聲音摹仿，似同而實異；也因為如此，同一客觀事物，各語言用以描繪的擬聲詞不會相同。上述中、英、法語的差異，正是主觀音感和語言音位系統不同所致，有限的音位，把無限的自然界聲音作了選擇。

我們如果再進一步看，同為漢語，描寫相同事物，用的擬聲詞也未必相同。例如《詩經》描寫馬車奔行的聲響就用了如下的擬聲❶：

四牡龐龐（小雅車攻）

四牡騤騤（小雅采薇、六月、大雅桑柔、烝民。孔疏：騤騤，馬行
之貌。）

四牡彭彭（小雅北山、大雅烝民）

駟驖彭彭（大雅大明）

載驟駸駸（小雅四牡。毛傳：駸駸，驟貌。盧紹昌云：毛傳釋擬聲之
詞，往往不言其為聲，而言某某貌，……是則「駸駸」本當
為聲也。）

四牡騑騑（小雅四牡、車牽。毛傳：騑騑，行不止之貌）

駟介陶陶（鄭風清人。毛傳：陶陶，驅馳之貌）

駟介麃麃（鄭風清人）

駟介旁旁（鄭風清人。朱熹：旁旁，馳驅不息之貌）

　　至於「鳥聲」，《詩經》中用了「關關」、「喈喈」、「雝雝」、「膠膠」、「交交」、「嚶嚶」等擬聲詞；「鼓聲」則用了「坎坎」、「淵淵」、「逢逢」、「咽咽」、「簡簡」等擬聲詞。各詞的發音狀況往往相去甚遠，描繪的卻是同事物的聲音，這就是主觀音感的詮釋有不同了。

　　了解此理，我們就不致疑惑，到底是「嗡嗡」比較像蜜蜂？還是 buzz 比較像蜜蜂？對本民族的音感而言，一定是自己的語言比較像。我們也不會再懷疑同樣的馬聲、鳥聲、鼓聲，卻有如此不同的擬聲之詞出現。音感還會有個人差異啊！

三、擬聲詞中的邊音成分

　　我們分析現代漢語的擬聲詞聲音結構，發現普遍存在著夾帶邊音成分 l- 的現象，例如：

嘰里咕嚕	叮零咚隆	唭里碰嚨
淅瀝淅瀝	希里嘩啦	辟里啪拉
嗚里哇啦	丁鈴當郎	嘟嚕嘟嚕
樸隆樸隆	嗶里嗶里	呼嚕呼嚕
當郎當郎	啪拉啪拉	卡拉卡拉
唰拉唰拉		

　　四個音節中，除了其中某些字相互間有雙聲疊韻的關係外，元音多半選用了〔i〕、〔a〕、〔u〕幾個基本元音，有時後頭接上舌根鼻音〔-ng〕韻尾，造成共鳴效果，使得音節格外響亮。然而，最顯著的特徵，是偶數音節都是〔l-〕母字。

　　馬慶株〈擬聲詞研究〉曾統計：第一個音節是塞擦音聲母的雙音節單純擬聲詞，第二個音節的聲母 80%以上是邊音。第一個音節為

〔h〕聲母的雙音節單純擬聲詞，第二個音節是邊音的占三分之二。第一個音節聲母是〔s〕、〔sh〕、〔h〕（注音符號ㄙ、ㄕ、ㄏ）的擬聲詞，第二個音節的聲母全是邊音。又統計說：疊韻擬聲詞占全部雙音節單純擬聲詞的43%，其中第二個音節聲母為邊音的達57.7%。

其實，這種現象不止存在於現代漢語，我們且看看元曲語言中的擬聲詞❷：

1. 乞林林低隴高丘（乞林林，腳步聲。硃砂擔二）

2. 他土魯魯嗓內涎潮（土魯魯，喉間痰上下聲。硃砂擔二）

3. 支楞楞扯出霜鋒（支楞楞，劍出鞘聲。單鞭奪三）

4. 那馬不剌剌（不剌剌，跑馬聲。看錢奴一）

5. 我則見必律律狂風颯（必律律，狂風聲。合汗衫二）

6. 一遞裏古魯魯肚裏雷鳴（古魯魯，饑饑肚鳴聲。殺狗勸夫二）

7. 各剌剌雕輪碾花（各剌剌，車輪聲。張天師二）

8. 合剌剌轆轤響，可正和著各瑯瑯的搗碓聲（硃砂擔一）

9. 屹剌剌撒開紫檀（屹剌剌，撒開檀板聲。梧桐雨二）

10. 我當你扢剌剌直踐到墳頭（扢剌剌，馬跑聲。范張雞黍三）

11. 足律律遶定階痕（足律律，風聲。袖奴兒四）

12. 吸力力雷霆震半壁崩崖（吸力力，山崖崩塌聲。來生債三）

13. 吸哩哩提提了斗拱（吸哩哩，刮壞斗拱聲。柳毅傳書一）

14. 赤力力操動松韻（赤力力，風聲。劉行首一）

15. 赤律律起一陣劣風（赤律律，風聲。東坡夢三）

16. 我則道忒楞楞宿鳥在花陰串（忒楞楞，鳥飛聲。連環計二）

17. 忽喇喇的繡旗開（忽喇喇，旗幟飄揚聲。小尉遲二）

18. 忽嘍嘍酣睡似雷鳴（忽嘍嘍，鼾聲。陳摶高臥一）

19. 忽魯魯風閃得銀燈爆（忽魯魯，風聲。梧桐雨四）

20. 則聽的淅零零雪糝瓊沙（淅零零，下雪聲。燕青博魚一）

21. 則見那西門骨剌剌的開了（骨剌剌，開門聲。漁樵記三）

第18章　論擬聲詞聲音結構中的邊音成分

22.你可不怕那五六月的雷聲骨碌碌只在半空裏響（骨碌碌，雷聲。看錢奴三）

23.骨嚕嚕潮上痰涎沫（骨嚕嚕，痰上湧聲。貨郎旦一）

24.搖幾下桑琅琅蛇皮鼓兒（桑琅琅，搖小鼓聲。貨郎旦四）

25.那土坑在後面速碌碌、速碌碌跟將您孩兒來（速碌碌，土塊撒地聲。生金閣三）

26.疏剌剌寒風起（疏剌剌，寒風聲。殺狗勸夫二）

27.是誰人懲般酣睡喝嘍嘍（喝嘍嘍，鼾聲。硃砂擔二）

28.見董卓廝琅琅將酒盞躬身放（廝琅琅，金屬相碰聲。連環計三）

29.喒也曾緝林林劫寨偷營（緝林林，步聲。氣英布二）

30.撲剌剌馬攢蹄（撲剌剌，馬跑聲。謝金吾二）

31.把孩兒撲碌碌推出門（撲碌碌，推滾聲。薛仁貴一）

32.您幾時學得俺勾嘍嘍一枕頭雞叫（勾嘍嘍，鼾聲。誶范叔一）

33.那寨驢兒柳陰下舒著足乞留惡濫的臥（乞留惡濫，驢入水臥下聲。黃粱夢四）

34.支楞楞爭絃斷了不續碧玉箏（支楞楞爭，絃斷聲。倩女離魂四）

35.只古裏聒絮，我知道了也（古裏聒絮，話多的聲音。老生兒楔子）

36.口裏必力不剌說上許多（必力不剌，話多的聲音。灰闌記二）

37.相公將必留不剌柱杖相調戲（必留不剌，杖著地聲。謝天香三）

38.怎當他只留支剌信口開合（只留支剌，話多的聲音。爭報恩二）

39.又被這失留屑歷的雪片兒偏向我密濛濛墜（失留屑歷，下雪聲。殺狗勸夫二）

40.更和這失留疏剌風（失留疏剌，風聲。魔合羅一）

41.伊哩烏蘆的這般鬧吵（伊嘿烏蘆，多言而含混的聲音。凍蘇秦楔子）

42.則被這吸里忽剌的朔風兒那裏好篤篤篴簌避（吸里忽剌，風聲。殺狗勸夫二）

43.更和這失留疏剌風，擺希留急了樹（希留急了，風憾樹木之聲。

魔合羅一）

44.將水面上鴛鴦，忒楞楞騰分開交頸（忒楞楞騰，鳥飛聲。倩女離
魂四）

45.直殺的馬頭前急留古魯（急留古魯，人頭亂滾聲。氣英布三）

46.更和一個字兒急留骨碌滾（急留骨碌，銅錢滾轉聲。燕青博魚二）

47.疏刺刺沙備雕鞍撒了鎖程（疏刺刺沙，撒下鞍鎖聲。倩女離魂四）

48.他這般壹留兀淥的睡（壹留兀淥，鼾聲。李逵負荊二）

49.廝琅琅湯偷香處喝號提鈴（廝琅琅湯，鈴聲。倩女離魂四）

50.我可敢滴溜撲活擅那廝在馬直下（滴溜撲活，摔倒聲。燕青博魚
一）

　　上面共有五十個擬聲詞，都是第二字帶〔l-〕聲母的，占了黃氏
書中所引的八十個擬聲詞中的 62.5%。也就是說，元曲的擬聲詞大多
數都是帶〔l-〕音的。

　　從聲音結構上分析，前三十二例都是 ABB 式。其中的 A，有十
五個塞音，十一個擦音，六個塞擦音。以響亮的塞音為數最多。塞音
中又以〔k-〕聲母獨占了八次，是所有聲母中出現最多的。因此，元
曲 ABB 式擬聲詞出現頻率最高的，是 k-l-型式。

　　在韻母結構方面，以〔a〕音的「刺」為成分的，共九次，占
28%。A 和 B 的元音都是〔i〕，或都是〔u〕的共十二次，占 37.5%，
這是一種元音諧和的現象，成為元曲擬聲詞形成的主要方式。以上二
類占了 ABB 式的大部分。可見元曲擬聲詞的結構有相當高的規律性。

　　上述第 33 至 50 例為四音節擬聲詞。其中：

* ABCD 式（B 為〔l-〕母字）共二例，占 11%。
* ABCD 式（B、D 為〔l-〕母字）共十二例，占 66%。
* ABBC 式（B 為〔l-〕母字）共四次，占 22%。

可知元曲四音節擬聲詞以第 2 類結構為主。

　　如果就其中的非〔l-〕母字觀察，聲母相互一致的有十二例，占

66%。可見四音節擬聲詞不僅以安置兩個〔l-〕母字為慣例，且另兩個非〔l-〕母字通常也要有雙聲關係。

我們再看看《詩經》擬聲詞的情況。《詩經》的擬聲詞以疊字為主。而這些擬聲詞多半是「二等字」，依據音韻學的研究，知道先秦二等字都帶有〔-r-〕介音成分。〔r〕和〔l〕都是流音，性質相近。

1. 淮水湝湝（小雅鼓鐘，湝為皆韻古諧切）
2. 螽斯羽詵詵兮（周南螽斯，詵為臻韻所臻切）
3. 關關雎鳩（周南關雎，關為刪韻古還切）
4. 其鳴喈喈（周南葛覃，喈為皆韻切）
   雞鳴喈喈（鄭風風雨）
   倉庚喈喈（小雅出車）
   雝雝喈喈（大雅卷阿，毛傳：鳳皇鳴也）
   鼓鐘喈喈（小雅鼓鐘）
   八鸞喈喈（大雅烝民）
5. 雞鳴膠膠（鄭風子衿，膠為肴韻古肴切）
6. 交交黃鳥（秦風黃鳥，交為肴韻古肴切）
   交交桑扈（小雅小宛、桑扈）
7. 鳥鳴嚶嚶（小雅伐木，嚶為耕韻烏莖切）
8. 四牡龐龐（小雅車攻，龐為江韻薄江切）
9. 四牡彭彭（小雅北山，大雅烝民，彭為庚韻薄庚切，開口二等）
   駟騵彭彭（大雅大明）
   行人彭彭（齊風載驅）
   出車彭彭（大雅出車）
   百兩彭彭（大雅韓奕）
   以車彭彭（魯頌駉）
10. 駪駪征夫（小雅皇皇者華，駪為臻韻所臻切）
11. 大車檻檻（王風大車，檻為檻韻胡黤切，開口二等）

12. 椓之丁丁（周南兔罝，丁字舊注為陟耕反，為二等耕韻的念法）

伐木丁丁（小雅伐木）

13. 約之閣閣（小雅斯干）

閣為鐸韻一等字，但毛傳：閣閣猶歷歷（l-）也，顯示閣字原屬〔kl-〕聲母。且閣從各聲，各的聲系（格、路、洛）為〔kl-〕聲母。閣閣為「版築搗實之聲」

14. 奏鼓簡簡（商頌那，簡為產韻古限切，開口二等）

　　《詩經》中還有許多非疊字的擬聲詞，其中也有大量的二等字。由此看來，先秦擬聲詞的聲音結構也多半是第二音素帶〔-r-〕〔-l-〕的。由上面十四例看來，聲母是〔k-〕的有八個，占 57.1%，屬其他各母的有六個，占 42.8%。可見先秦擬聲詞也以〔kl-〕為基本型態。

　　由上述的討論，漢語言由古至今的擬聲詞，在語音結構上呈現了很大的共性，即次一成分總是帶舌尖邊音〔l〕，而首一成分多為〔k〕。

　　其實，不止漢語如此，其他語言也可以看到類似的現象。例如英語裡的擬聲詞：croak（蛙鳴）、crow（公雞叫）、growl（狗咆哮），grunt（豬叫）、screech（尖叫）、bray（驢叫）、creak（開門吱吱聲）、trumpet（象叫聲）、shriek（尖喊聲）、clank（金屬碰聲）、cling-clang（器物連撞聲）、click（關門聲）、splash，plump（皆物落聲）、flop（落水聲）、crack（樹枝斷聲）……等等。在日語中例如❷：chili-chili（小鈴聲）、chiling-chiling（鈴鐺、電鈴聲）、tslu-tslu（用力吸啜表面光滑東西的聲音）、dolo-dolo（擊鼓或雷鳴由遠方傳來的聲音）、bali-bali（剁東西，用爪或用牙咬的聲音）、pali-pali（剁開材質薄而輕的東西，或此類東西破裂的聲音）、pili-pili（連續吹哨子的聲音）、beli-beli（把黏上的紙、布、板等撕開的聲音）、holo-holo（山鳩的鳴聲）、lelo-lelo（舌頭不聽使喚，發音不清的聲音）、meli-meli（大樹支撐不住而慢慢碎裂、折斷的聲音）……等等。

在同族語言中，也有類似的現象。藏語 sha-ra-ra 為風聲、si-li-li 為雨聲、chi-li-li 為水沸聲……等等。苗語㉒方言中，「水流聲」復員作qlu、楓香作ntlu，「滾石聲」先進作t-lau、石門作tlo，「撕布聲」先進作tlua、石門作tla，「呻吟聲」高坡作mplong，「扁擔折斷聲」復員作klu……等等。

由這些現象知道〔l〕（或〔r〕）成分作為擬聲詞的次一發音成分，似乎是某些語言的共通性質。為什麼會有這樣的現象呢？從發音性質看，〔l〕是舌尖抵住上齒齦，氣流由舌兩邊流出。這個動作比氣流爆發的塞音、氣流擠出的摩擦音要輕鬆自然得多，因此，全世界的語言幾乎都可以找到這個輔音（〔r〕可視為它的變體），它可稱為「基本輔音」。它和基本元音〔a〕、〔i〕、〔u〕結合，構成用力度最小，複雜性最低的音節。當我們不唱歌詞，而要哼出歌來時，往往發出的就是這樣的音節。因而，表達自然聲音的擬聲詞順理成章的就會選了這些音節來組成。當我們要把這種帶〔l〕的音節變得比較多樣，以描繪各種不同的聲音時，人們自然會把〔l〕成分作為一個安排於中間的關鍵性聲音，在它的前面、後面配上其他的聲音。於是，就形成了擬聲詞語言結構中，第二成分往往是〔l〕的現象。在有複聲母的語言裡，它成為一個音節的第二個音素，在沒有複聲母的語言裡，它成為第二個字（音節）的聲母。這就是擬聲詞語音結構共通性的真象。

本文對擬聲詞的性質，以及聲音結構作了討論，並對帶有邊音〔l〕成分的普遍共通性，提出了描述和解釋。有關擬聲詞的研究是語言研究中的一個重要課題，這方面的探索目前還顯得不足，還希望有志語言研究的同道在這方面共同努力，特別是由語言比較著手，揭開語言共性的奧秘，相信必大大有助於我們對語言現象的認識與了解。

【註釋】

❶見史艷嵐〈漢語象聲詞研究述評〉，西北民族學院學報，1994 年第 2 期。

❷見《語文學習》，1953 年第 9 期。

❸見《語文學習》，1956 年第 7 期。

❹見《中國語文》，1956 年第 9 期。

❺見《語文學習》，1957 年第 7 期。

❻見《語言教學與研究》，1981 年第 4 期。

❼見《中國語文》，1981 年第 2 期。

❽見《河北師大學報》，1982 年第 3 期。

❾見《寧夏大學學報》，1983 年第 1 期。

❿見《鄭州大學學報》，1983 年第 4 期。

⓫見《陝西師大學報》，1984 年第 4 期。

⓬見《修辭學習》，1984 年第 4 期。

⓭見《修辭學研究》第三輯，1986 年。

⓮見《貴州師大學報》，1986 年第 1 期。

⓯見《語法研究和探索》㈠，1983 年。

⓰見《益陽師專學報》，1987 年第 4 期。

⓱見《中央民族學院學報》，1988 年增刊。

⓲見中國社科院語言所 1981 年 5 月密云語法學術會論文。

⓳見歐秀慧〈詩經擬聲詞研究〉，中正大學中文所碩士論文，1992 年。

⓴見黃麗貞《金元北曲語彙之研究》，103～145 頁，台灣商務印書館，1968 年。

㉑見《日語擬聲詞擬態詞辭典》，淺野鶴子編著，瀨戶口律子等譯，北京出版社，1991 年。

㉒見王輔世《苗語方言聲韻母比較》，中國社科院民族所，1979 年，北京。

附錄一

語言風格學各家定義 (stylistics)

一、《語言與語言學辭典》（哈特曼著，黃長著譯，上海辭書出版社，1980）

當代語言學家從較廣的角度去研究風格，即從時間、地點、社會環境、和題材的角度去研究個別講話人的、不那麼自覺的個人特點。

Stylistics 應用語言知識去研究風格（style）的學問。傳統上的風格分析，主要是分析作家的文學風格，或代表作家特點的語言變體。最近以來，研究的重點已經轉到下述方面：根據話語的成分以及它偏離標準語的特點，對話語本身進行語言描寫。這叫做「語言風格學」（linguostylistics）。

二、*Linguistics: A Course Book*（Peking University Press, 1988）

There would be no literature without language. To fully appreciate a literary text mere linguistic intuition is not enough. An analytical knowledge of the rules and conventions of normal linguistic communication is necessary. Now it is generally believed that the greater our detailed knowledge of the workings of language system, the greater our capacity for awareness of the effects produced by literary texts and that a principled analysis of language can be used to make our commentary on these effects less impressionistic and subjective. In fact, many critics and stylisticians are now using the findings and methodology of linguistics to analyze the literature and have shown satisfactory results. These endeavors are now covered under the term LINGUISTIC STYLISTICS or STYLISTIC LINGUISTICS. (p.34)

Linguistics and literary criticism have been held as two separate disciplines of study. Earlier in this century, even though the school of NEW CRITICISM attached great importance to the close reading of the literary texts, they ,as well as other people who were engaged in the study of literary style, lacked a systematic knowledge of linguistics and took a skeptical attitude toward the function of linguistics in the study of literature.

Along with the rise of sociolinguistics in the early 1960s and the introduction of speech act theory and text linguistics, the study of literary style witnessed rapid development. A number of linguists and literary critics have moved from the two extremes to a merge of the two disciplines, with the linguists taking literary language as their subject of investigation and the critics adopting a linguistic approach. This area of mediation between the two disciplines of linguistics and literary criticism is now known as LINGUISTIC STYLISTICS or NEW STYLISTICS. (p. 291)

三、《中國大百科全書》（語言、文字）

突破傳統的風格學格局而另立原則與方法的是二十世紀的文體學，即廣義的風格學。它以 F. de 索緒爾以來的現代語言學為基礎，著重當代語言實例的收集、記錄與審辨。

1. 研究的範圍不限於書面語言，也擴充到口語，旁涉廣告、商品

說明、科技報告、新聞報導等實用文體。

2.研究的學派眾多。以歐洲為論，有以 C. 巴利等人為代表的法國學派，研究全民語言中語音、詞彙與句法手段的表達力；有以 L. 施皮策（1887～1960）等人為代表的德國學派，致力於從一個作家或一部作品的語言特點尋出共同的心理因素；有以 B. B. 維諾格拉多夫等人為代表的蘇聯學派，在文學語言特別是普希金、果戈里、杜斯妥也夫斯基等作家語言風格的研究上著有成績；有以布拉格學派成員為主的東歐學派，其主要貢獻在於區別語言使用上的常規與變異，以及如何以變異達成「突出」的效果；有在理論上著眼社會環境，並在實踐上建立了一套比較系統的研究方法的以韓禮德為代表的英國學派。

二十世紀六〇年代以來風格學領域內更是活動頻繁，新作迭出。對於若干根本理論問題，多數研究者已經趨向一致。

以英語為例，已有根據各種實用文體特點而並設的大學課程。另一方面，文學文體的研究也已見成效，前有 R. 雅柯布遜等對於詩律的探討，後有 G. N. 利奇關於小說文體的著作。在作家語言的研究上，成果也陸續出現，其中韓禮德根據及物動詞的用法及頻率，闡明 W. 戈爾丁（1911～）小說《繼承者》的主題思想，更有創見。

傳統的文學批評家認為風格學對於一篇作品的分析失於機械、繁瑣，往往大費周章之後，結論膚淺，遠不如文學批評之能一針見血。語言學界內部，則又感風格學不易捉摸，懷疑其是否有科學性可言，但風格學雖受兩面夾擊，卻仍有發展，原因是有此需要。現在有了這門風格學，視野較廣（看到整個語言，注意社會文化），立論較有根據（從語言事實出發，而不是純憑印象）。幾十年努力結果已有一定的基本理論和成套的研究方法，使初學者有階可尋，應該說是已經另闢一個學術領域，成為兼有語言學和文藝學之長的綜合學科了。

四、《文學文體概說》 （張毅）

「文學研究的合情合理的出發點是解釋和分析作品本身。」文學作品應被視為「是一個為某種特別的審美目的服務的完整的符號體系或者符號結構。」這一觀念已被現在文學理論所認可並成為文論家們的圭臬。無論是俄國形式主義還是結構主義詩學以及英美新批評，都把文學研究的出發點訂在對文學語言的考察上。俄國形式主義以文學語言的陌生化效果來研究文學的特性問題。結構主義詩學把作品分成若干彼此相聯的語言要素，並對之進行整合分析。英美新批評則把作品的分析與對作者和讀者問題的研究截然分開。

所謂對作品本身的文體分析，就是創造性地吸收二十世紀一些重視作品文本研究的理論派別的成果，特別是充分選用現代語言學的理論觀點與方法，對作品文本的語言構成（包括語音、詞彙、句法、修辭等）進行精密的分析，並提出一些技術性的理論規則。

五、《文學語言引論》 （向新陽）

郭紹虞曾在他晚年的重要著作《漢語語法修辭新探》中明確宣布：「我是企圖溝通語言和文學的隔閡的。我想從語言方面來治文學……反過來又想從文學方面來治語言……」張志公也曾說過：「實踐證明，用現有的那些語法修辭書去教學生，是勞而少功的。」「過去的語法書只講詞和句子，修辭書只講比喻誇張，邏輯書只講概念判斷，井水不犯河水，各搞一套，互不相謀。為學寫文章的人考慮，只能這樣作嗎？這種作法切合漢語漢文的實際嗎？」，他們兩個人，一個治文學，一個攻語言，但表示了一個共同的想法：希望消除文學與語言的隔閡，打破文學家與語言學家互不相謀的局面，把「從文學方面治語言」和「從語言方面治文學」結合起來。

所謂「從語言方面治文學」，就是要認識文學的語言性，就是要研究在文學創作中對語言自身規律的運用。

六、《語體‧修辭‧風格》　（唐松波）

語言也隨時代而發展變化。我們現在談語體，主要指現代漢語的語體，這是共時的研究。為了充分認識現代漢語的語體，還要從歷史上考察。

從現在保存的古代文獻中可以看出我國很早計有兩種對立統一的語體：社會實用書面語體和日常生活談話語體。

《論語》中有些話可以斷定是當時日常生活口語的實錄。如：

顏淵死，子曰：「噫，<u>天喪予</u>！<u>天喪予</u>！」（《先進》）

在《論語》中還可以看到其他一些日常口語材料。如講話開頭表示肯定的「諾」「然」。把人名或指代名詞放在贊詞之後：

「直哉！史魚！」「孝哉！閔子騫！」「君子哉！蘧伯玉！」
「君子哉！若人！」以及重複：「彼哉！彼哉」「沽之哉！沽之
哉！」

《孟子》這部書雖然也採取對話和語錄方式，比起《論語》來，內容更集中，對政治的議論突出。……孟子的對答善於採取成對的相同結構，一正一反深入地說明觀點和策略。

從《論語》到《孟子》，跨過兩個世紀，經歷春秋戰國，古代的政論語體逐漸形成了。《荀子》《韓非子》中，有不少帶濃厚政論色彩的篇章，說理周詳而又講究文采。戰國後期可以說是我國政論第一個繁榮時期，古代政論語體初露頭角。

　　唐宋兩代是我國政論第二個繁榮時期。唐宋八大家的作品，政論是重要組成部分。

　　風格一詞，中外的用法都很複雜。外國語言中有這樣一個詞：style（英）le style（法）Stil（德）。這詞源出希臘文，本只在塗蠟的木板上寫字用的一種削尖的小棒（多為骨製），它的另一頭是小鏟的形狀，修改文字時就用這一頭把原先寫的磨掉。這詞的引伸是對文字的修改。最後發展成為現代西方語言中的一個多義詞：風格、作風、風度、文體、筆調、方式、式樣等。英文 style 還有「稱號」之義。詞源都是希臘文的「筆」字。

　　《文心雕龍》出現「風格」一詞，意義卻與現代不同。〈議對〉篇這樣談應劭、傅咸、陸機三個作家的作品：

　　　　漢世善駁，則應劭為主。晉代能議，則傅咸為宗。然仲瑗博古，
　　　　而銓貫有敘。長虞識治，而屬辭枝繁。及陸機斷議，亦有鋒穎，
　　　　而諛辭弗剪，頗累文骨。亦各有美，風格存焉。

　　「風」指教化，「格」指規矩。風格是議事的標準，即是否符合禮法制度。所以這一篇開頭也說：「議事以制，政乃弗迷。議貴節制，經典之體也。」在〈誇飾〉篇裡「風格」也是指同禮制法度相關的風教規範：「雖詩書雅言，風格訓世，事必宜廣，文亦過焉。」「辭雖已甚，其義無害也。」

　　大約在唐代，「風格」一詞才表示一定藝術特徵的意思。張懷瓘《書斷‧中》：「憲章小王，風格秀異。」意思是說取法王獻之，字體清秀優異。

　　有兩種風格學。一種主要運用現代語言學成就研究形式（語言）方面的特點，確切地說，研究形式如何適應內容（思想與感情）的技巧。這可以稱為語言風格學。

　　另一種風格學以文藝作品為對象，研究任務涉及形式與內容，主

題與結構，形象與語言，作者與讀者等。這可以稱為文藝風格學。

三十多年來，國外對語體、風格的研究成果纍纍。上一個世紀就已經奄奄一息的老修辭學從現代語體、風格等語言學課題中得到啟發。

語體、風格的深入研究將使我國修辭學和修辭教學擺脫以修辭格為主體的框框。

七、《文體學概論》 （秦秀白）

文如其人，言為心聲。同「指紋」一樣，言語風格因人而異。不同時代的人言語風格不同，同時代的人言語風格也有差別。

構成言語風格的主觀因素大量的還是後天的。其中，文化修養、社會地位與職業、交際動機與意圖、年齡與性別、民族傳統等方面的因素對語言風格的形成有著直接的影響。

社會地位和職業也影響語言風格。西方的所謂社會上層人士曾竭力通過語音、語調、用詞等方式炫耀自己的社會地位，並把他們的言語風格視為「正統」、「高雅」，而把社會下層的言語風格視為「粗俗」、「鄙俚」。

年齡與性別也影響語言風格。一個人在童年、青年、中年、老年等不同時期的言語風格顯然是不一樣的；同一個人在與不同年齡的人交際時，言語風格也不一樣。……至於性別與語言風格的關係則早已引起了語言學家的注意。早在一九二二年，Otto Jespersen 就指出：女性在言語交際時極力迴避「粗野下流的表達方式」（coarse and gross expression）。

民族文化傳統也直接影響著人的言語風格。中國人見面時常互相問：「你吃了飯沒有？」，英語國家的人卻沒有這種言語習慣；中國人受到稱讚時往往說些謙恭之詞，而英美人則只以 Thank you 了事。

構成言語風格的客觀因素指的是言語行為發生的「背景」，既包括言語交際的時間、地點、內容、對象及交際雙方的關係等具體的語

言環境，又包括交際雙方所處的社會文化情境。

八、《語言風格初探》　（程祥徽）

　　已故語言學家高明凱教授是在中國倡導建立漢語風格學的第一人。他在一九五九年六月的一次學術報告中全面介紹了現代語言學的風格理論和流派，闡明了風格的性質和特點，提出劃分風格類型的標準。嗣後，中國科學院出版了《語言風格與風格學論文選譯》，譯文包括一九五三至一九五五年之間蘇聯語言學家討論語言風格和風格學的有代表性的文章。其中最重要的一篇是維諾格拉陀夫院士的《風格學問題討論的總結》，它指出了風格學的內容、對象和任務。在這樣的學術氛圍中，創立漢語風格學已是勢在必行了；但是，由於六〇年代中期中國社會出現新情況，漢語風格的研究擱淺在歷史的沙灘，直到近年才又重新起步。目前漢語風格的研究仍然要從風格學的基本理論做起，要將風格研究從文藝學範疇中獨立出來，使之真正成為一門語言學的分科。

　　語言風格學卻是要研究語言氣氛所賴以體現的語言材料——語音、詞彙、語法格式，尤其注重同義成分或平形成分的選擇，這就可以避免依賴個人主觀感受給風格下斷語，將風格的探討建立在有形可見的語言材料上。

附錄二

語言風格學參考資料

一、專書類

〔英〕雷蒙德·查普曼著，蔡如麟等譯，《語言學與文學》，結構群出
　　版社，台北，1989.03。

王　力，《漢語詩律學》，上海教育出版社，上海，1988.01。

王　力，《詩詞曲作法講話》（原名：漢語詩律學），洪氏出版社，台
　　北，1974。

古添洪，《記號詩學》，東大圖書公司，台北，1984。

朱任生，《杜詩句法舉隅》，中華書局，台北，1973。

吳功正，《文學風格七講》，上海文藝出版社，1983。

李潤新，《文學語言概論》，北京語言學院，北京，1994.10。

周英雄，《結構主義與中國文學》，東大圖書公司，台北，1983。

張德明，《語言風格學》，東北師範大學出版社，長春，1989（1990.02，
　　麗文出版社台灣版）。

陳光磊，《關於發展漢語統計風格學的獻議》，復旦大學出版，上海，
　　1983。

程祥徽，《語言風格初探》，書林出版社，台北，1991.01。

程祥徽、黎運漢，《語言風格論集》，南京大學出版社，南京，1994.04。

詹　璧，《文心雕龍的風格學》，人民文學出版社，北京，1982。

鄭遠漢，《言語風格學》，湖北教育出版社，1990。

黎運漢，《漢語風格探索》，北京商務印書館，1990。

霍克斯著、陳永寬譯，《結構主義與符號學》，南方出版社，台北，1988。

謝雲飛，《文學與音律》，東大圖書公司，台北，1978.11。

羅蘭巴特，《符號學要義》，南方出版社，台北，1988。

嚴迪昌，《文學風格漫說》，江蘇人民出版社，1983。

蘇旋等譯，《語言風格和風格學論文選譯》，科學出版社，北京，1960。

二、期刊論文

柯昌文，《紅樓夢》裏「得」與「不得」研究，〈安徽師大學報〉1984年第2期。

蔣文野，《紅樓夢》中「一起」的詞義考察──兼談《紅樓夢》前八十回和後四十回的語言差異，延邊大學學報1982年第1期。

鍾必琴，論《紅樓夢》對俗語的熔鑄和提煉，〈紅樓夢學刊〉1991年第三輯。

林興仁，具有整齊美和音樂美的優美句式──談談《紅樓夢》的對偶，〈名作欣賞〉1984年第1期。

陳雨，《紅樓夢》中成語的運用，〈廣州日報〉1959年12月4日。

應必誠，關於《紅樓夢》中的研究方法問題，〈復旦學報〉1987年第5期。

趙雪如，言語風格及其文化內涵，《語言與文化》上海外語教育出版

社，1990。

趙代君，論文學語言的特徵，南京師大學報（社會科學版），1992 年
　　第 4 期。

鄒光明，文學語言論，華中師範大學學報（哲社版），1989 年第 6 期。

文煉，從語言結構談近體詩的理解和欣賞，上海師範大學學報 1992 年
　　第 3 期。

丁金國，關於語言風格學的幾個問題，河北大學學報，1684 年第 3 期。

張會森，文學作品語言的理論與實踐，求是學刊，1992 年第 1 期。

劉曉文，文學語言的雙重品格——有限手段的無限運用，北京師範大學
　　學報，1992 年第 4 期。

駱小所，語言風格的分類和語言風格的形成，武漢教育學院學報：哲社
　　版，1991.2。

許金榜，元雜劇的語言風格，山東師大學報，1982 第 4 期。

陸丙甫、王小盾，現代詩歌聲律中的聲調問題——新詩宜用去聲、非去
　　聲的對立來取代平、仄的對立，1982 第 6 期。

謝雲飛，語言音律與文學音律的分析研究，南洋大學學報第 7 期，
　　1973。

高萬云，文學語言的可變性規律初探，文學評論，1990 年 5 期。

謝文利，《詩歌語言的奧秘》，北方文藝出版社，哈爾濱，1991。

魯樞元，《超越語言——文學言語學芻議》，中國社科出版社，1990。

刁晏斌，現代漢語發展的初步考察——巴金小說前後期風格的變化，語
　　文建設通訊第 38 期。

廖序東，《離騷》文例新探，1983.4.3。

吳天任，楚辭用字與造句法的探討，大陸雜誌語文叢書第二輯第四冊。

沈益洪，語言風格與「心理頻率」說，上海大學學報，1991.5.63－66。

毛惜珍，虛詞的表達作用（語言風格），西北師大學報，1992 年第 4
　　期。

鄭頤壽，語體與修辭，福建師範大學學報：哲社版，1991.1.88－94。

附錄二　語言風格學參考資料

蕭自熙，全方位拓寬的元人散曲隔句對，四川大學學報（哲學社會科學版），1992 年第 1 期。

藍泰凱，《木木》的語言風格淺析，貴州大學學報，1992 年第 3 期。

王宇，古漢語詞類活用的修辭價值，東北師大學報，1992 年第 3 期。

齊滬揚，革新：修辭學完成科學化的必經之路，淮北師院學報，1991.3.103－109。

戴磊，「語修學」是難以成立的——語法學和修辭學相結合之我見，山東大學學報，1991.1.11－14，31。

曾毅平，現代修辭學：由潛科學到顯科學的躍昇，暨南大學研究生學報，1991.1.55－60。

潘攀，ABAC 結構的修辭功能，江漢大學學報，1992 年第 1 期。

申小龍，漢語的文化特徵與漢民族修辭學傳統，雲南民族學院學報，1992 年第 1 期。

董達武，從現代語言學的走向看陳望道的修辭理論——紀念《修辭學發凡》出版六十周年，復旦學報，1992 年第五期。

申小龍，中西古典修辭學傳統比較，復旦學報，1992 年第 5 期。

姚亞平，二十世紀中國修辭學的歷史發展線索與基本任務，思想戰線，1992 年第 6 期。

毛惜珍，虛詞的表達作用，西北師大學報，1992 年第 4 期。

張德明，〈試論語言修辭和語言風格〉，收錄於《修辭學論文集》第二集，福建人民出版社，1984。

高明凱，〈論語言風格學的內容和任務〉，收錄於北大編《語言學論叢》第四輯，上海教育出版社，1960。

丁金國，〈關於語言風格學的幾個問題〉，收錄於《河北大學學報》第三期，1984。

邁遙，〈文體和風格〉，收錄於《中國語文》第 5 期，1967。

黃宏煦，〈語體風格學與修辭學〉，收錄於《修辭學論文集》第一集，福建人民出版社，1983。

賈崇柏，〈「小二黑結婚」的語言風格〉，收錄於《修辭與修辭教學》，上海教育出版社，1985。

老舍，〈語言與風格〉，收錄於《老舍論創作》，上海文藝出版社，1980。

李熙宗，〈「修辭學發凡」與語言風格論〉，收錄於《「修辭學發凡」與中國修辭學》，復旦大學出版，1983。

李鏡如，〈論風格創造〉，收錄於《固原師專學報》第 1 期，1983。

王朝聞，〈風格的共性與個性〉，收錄於《新藝術創作論》，人民文學出版社，1981。

徐青，〈談談語言風格〉，收錄於《語文知識》第 10 期，1959。

張須，〈風格考源〉，收錄於《中國語文》第 11 期，1961。

張志公，〈辭章學？修辭學？風格學？〉，收錄於《中國語文》，1961。

張德明，〈淺談修辭學和風格學、言語學〉，收錄於《延邊大學學報》第 4 期，1978。

譚汝為，〈古詩句法例論〉，收錄於《徐州師院學報》第 59 期，1989.9。

譚汝為，〈A 不及 B 與 AB 不如──論古典詩歌兩種比較句式的異同〉，收錄於《天津師大學報》108 期，1993.6。

劉禹昌，〈香稻碧梧：句法引類及溯源〉，收錄於《龍門雜誌》1 卷 1 期，1947。

丁成泉，〈杜律句法與音節──讀唐詩札記之二〉，收錄於《華中師院學報》第 3 期，1981。

文煉，〈格律詩語言分析三題〉，收錄於《上海師大學報》（哲學社科）第 41 期，1989.9。

朱梅韶，〈杜甫七律詩句中虛詞運用之現象〉，收錄於《中國語言學論文集》，1993.12。

呂福田，〈詩論杜詩中對動詞模糊性的運用〉，收錄於《北方論叢》第

73 期，1985。

胡懿安，〈中國古典詩歌句式淺探〉，收錄於《語文研究》第 3 輯，
　　1981.12。

高友工，〈中國語言文字對詩歌的影響〉，收錄於《中外文學》18 卷 5
　　期，1989.10。

張文軒，〈唐詩動賓結構〉，收錄於《蘭州大學學報》（社會科學）第
　　51 期，1990.1。

張春榮，〈詩中否定詞之用法試論〉，收錄於《中華文化復興月刊》19
　　卷 3 期，1986.3。

李文彬，〈變換律語法理論與文學研究〉，收錄於《中外文學》11 卷 8
　　期，1983。

曹逢甫，〈從主題評論的觀點看唐宋詩的句法與賞析〉（上、下），收
　　錄於《中外文學》第 17 卷 1、2 期，1988。

黃宣範，〈從語言學論文學體裁的分析〉，收錄於《語言學論叢》，黎
　　明出版社，1974。

梅祖麟，〈分析杜甫的秋興——試從語言結構入手作文學批評〉，收錄
　　於《語言學論叢》，黎明出版社，1974。

梅祖麟，〈論唐詩的語法、用字與意象〉譯自 1971 年 9 月出版《哈佛
　　亞洲研究年刊》，收錄於《語言學論叢》，黎明出版社，1974。

梅祖麟，〈文法與詩中的模稜〉，收錄於《史語所集刊》第 39 本，
　　1969。

李三榮，〈庾信小園賦第一段的音韻技巧〉，《聲韻論叢》第三輯，學
　　生書局。

李三榮，〈秋聲賦的音韻成就〉，《聲韻論叢》第一輯，學生書局。

莊雅州，〈聲韻學與散文鑑賞〉，《聲韻論叢》第三輯，學生書局。

鄭樹森，〈結構主義與中國文學研究——代序〉，收錄於周英雄《結構
　　主義與中國文學》，東大圖書公司，1983。

丁邦新，〈從聲韻學看文學〉，《中外文學》四卷 1 期，1975。

陳啟佑，〈聲韻學在新詩上的一項試驗——「無調之歌」的節奏〉，黎
　　明文化事業股份有限公司，72 年 9 月。

三、學位論文

趙芳藝，寒山子詩語法研究，東海大學碩士論文，1989。

朴成蘭，梁啟超新民叢報體風格之研究，師大碩士論文，1989。

楊雪嬰，李賀詩風格之構成與表現，高師大碩士論文，1990。

戴麗霜，北宋以文為詩風形成原因及其風格之研究，政大碩士論文，
　　1991。

林春玫，古典詩歌中的主題句研究，國立中正大學中國文學研究所碩士
　　論文，1992。

王錦慧，敦煌變文語法研究，師大碩士論文，1993。

許瑞玲，溫庭筠詩之語言風格研究——從顏色字的使用及其詩句結構分
　　析，國立成功大學中國文學研究所碩士論文，1993.05。

陳秀真，余光中詩的語言風格研究，國立中正大學中國文學研究所碩士
　　論文，1993.07。

歐陽宜璋，碧巖集的語言風格研究——以構詞法為中心，政大碩士論
　　文，（圓明出版社），1994。

羅娓淑，李商隱七言律詩之詞彙風格研究，私立淡江大學中國文學研究
　　所碩士論文，1994.12。

吳梅芬，杜甫晚年七律作品語言風格研究，國立成功大學歷史語言研究
　　所碩士論文，1994.01。

劉芳薇，維摩詰所說經語言風格研究，國立中正大學中國文學研究所碩
　　士論文，1995.05。

周碧香，東籬樂府語言風格研究，國立中正大學中國文學研究所碩士論
　　文，1995.07。

吳幸樺，黃庭堅詩的語言風格研究，國立成功大學歷史語言研究所碩士

論文，1996.01。

陳逸玫，東坡詞語言風格研究，私立淡江大學中國文學研究所碩士論文，1996.05。

張靜宜，李賀詩之語言風格研究，私立淡江大學中國文學研究所碩士論文，1996.05。

四、英文論文

1. *The Stylistics of Fiction, A Literary-Linguistic Approach*, Michael J. Toolan, Routledge, London and New York, 1990.

2. Stylistics, *What is Linguistics*, second edition by Suzette Haden Elgin, 1979.

3. Generative Grammar and Stylistic Analysis, *New Horizons in Linguistics* J. P. Thorne, 1968.

4. Linguistics and Literature: Prose and Poetry, Curtis W. Hayes, *Linguistics*, ed. Archibald A.Hill, Voice of America Forum Lectures, 1969.

5. The Application of Linguistics to the Study of Poetic Language, Sol, Saporta *Style in Language* edited by Thomas A. Sebeok, 1960 初版，1978 第七版。

6. The Application of Transformational Grammar to Literary Analysis, John T. Grinder, Suzette Haden Elgin, *Guide to Transformational Grammar*，成文出版社，1976 年翻印，原版刊於 1973。

7. The Vocabulary of King John, W. F. Bolton Shakespeare's English Language in the History Plays, 1992.

8. The Historical Background-Rhetoric, Linguistics, and Literary Criticism, James V. Catano, 〈Language, History, Style〉 Leo Spltzer and the Critical Tradition, 1988.

9. Phonological Aspects of Style: Some English Sonnets, Dell H. Hymes, *Sty-*

le in Language，1978 年第七版，The MIT Press, edited by Thomas A. Sebeok, 1960.

10. The Language of Literature, a Stylistic Introduction to the Study of Literature, Michael Cummings, Robert Simmons, 1983.

11. Language in literature: an introduction to stylistics / Michael Toolan (1997).

12. Language, text and context: essays in stylistics / edited by Michael Toolan (1992).

竺家寧語言風格學著作目錄

1992.03，漢語與變換律語法，《淡江大學中文學報》創刊號

1993.01，《詩經・蓼莪》的韻律之美，《國文天地》第 8 卷第 8 期，98-102，台北。

1993.08，退溪詩的幾個詞彙特色，《退溪學在儒學中的地位》454-470，中國人民大學，國際退溪學會編，人民大學出版社，北京。

1993.10，岑參白雪歌的韻律風格，《中國語文》第 436 期，28-31，台北。

1994.05，語言風格學之觀念與方法，《紀念程旨雲先生百年誕辰學術研討會論文集》，275-298，師範大學國文系所主編，臺灣書店印行，台北。

1993.04，《詩經》語言的音韻風格，第 11 屆全國聲韻學研討會論文，國立中正大學，嘉義。

1993.08，《詩經・魯頌・駉》的韻律風格，《詩經》國際學術研討會論文，河北師範學院主辦，石家莊。

1994.12，語音分析與唐詩鑑賞，《華文世界》第 74 期，32-36，台北。

1995.04，詩歌教學與韻律分析，《第一屆小學語文課程教材教法國際學術研討會論文集》，51-64，台東師院編印。

1995.06，析論古典詩歌中的韻律，《兩岸暨港新中小學國語文教學國際研討會論文集》，師大，台北。

1996.07，從語言風格學看杜甫的秋興八首，《中國文學的多層面探討》65-80，台灣大學出版，台北。

1996.11.22-24，漢語教學中的韻律分析，華語教學國際學術研討會(Chinese Language Teachers Association Annual Meeting, CLTA)，Philadelphia，美國。

1999.5.15-16，論聲韻學知識與文學賞析，第六屆國際暨第十七屆全國聲韻研討會，台灣大學，台北。

附錄三

語言風格學有待進一步研究的課題

一、可以作為碩士論文或期末報告的題目舉例

1. 詩經、楚辭的語言風格
2. 詩經語言的複杳句法
3. 風雅頌語法、詞彙的比較
4. 司馬相如賦的語言風格
5. 張衡賦的句法風格
6. 漢代樂府的語言風格
7. 古詩十九首的語言風格
8. 孔雀東南飛的語言風格
9. 建安七子、竹林七賢詩的語言風格
10. 潘岳、陸機（太康詩人）的語言風格（重形式美）
11. 陶淵明詩的語言風格
12. 吳歌、西曲的詞彙風格
13. 六朝南北詩人的語言風格對比研究
14. 唐詩的語言風格（選擇初唐、盛唐、中唐、晚唐的某一作家）

15.韓、柳文語言風格之比較研究

16.詞的語言風格（選擇晚唐、五代、北宋、南宋的某一作家）

17.宋詩的語言風格（或和唐詩的風格比較）

18.元曲的語言風格（選擇某一作家）

19.明代散曲的語言風格（或和元曲的風格比較）

20.明代傳奇的語言風格

21..明清小說的語言風格（選擇某一部作品）

22..清代戲曲《長生殿》、《桃花扇》之語言風格

二、研究的類型

1. 個人風格的研究

古代文學作品：例如司馬相如賦的語言風格、潘岳、陸機詩的語言風格、孔雀東南飛的語言風格、李杜詩語言風格的比較、韓柳散文語言風格的比較、杜甫前後期語言風格的比較、李清照的語言風格研究、洪昇長生殿的語言風格、紅樓夢的語言風格等。

現代文學作品：例如某一作家的語言風格研究，包括詩歌、小說、散文、戲劇。如朱自清、魯迅、張愛玲，以及台灣作家的作品等。

2.時代風格的研究

例如漢代樂府的語言風格、古詩十九首的語言風格、建安七子（或竹林七賢）的語言風格、晚唐詩的語言風格、五代詞的語言風格、元明散曲語言風格比較研究、現代詩的走樣句研究等。

3.體裁風格的研究

包括詩詞、散文、駢文、戲曲各方面。例如詩經（或楚辭）的語言風格、中古翻譯文學的語言風格等。

4.地域風格的研究

例如吳歌西曲的語言風格、南北朝語言風格的對比研究等。

以上各類又可以分聲韻風格（或韻律風格）、詞彙風格、句法風格三方面研究，方法上有分析法、比較法兩途。

國家圖書館出版品預行編目資料

語言風格與文學韻律／竺家寧 著.
--二版.—臺北市：五南, 2005 [民94]
面；　公分　參考書目：面
ISBN 978-957-11-3976-0（平裝）
1.語言學－哲學，原理　2.文學－評論
800.1　　　　　　　　　　　94007764

1XK8　語言文字學系列

語言風格與文學韻律

編 著 者 － 竺家寧
發 行 人 － 楊榮川
總 經 理 － 楊士清
副總編輯 － 黃惠娟
責任編輯 － 蔡佳伶
出 版 者 － 五南圖書出版股份有限公司
地　　　址：106台北市大安區和平東路二段339號4樓
電　　　話：(02)2705-5066　傳　　真：(02)2706-6100
網　　　址：http://www.wunan.com.tw
電子郵件：wunan@wunan.com.tw
劃撥帳號：01068953
戶　　　名：五南圖書出版股份有限公司
法律顧問　林勝安律師事務所　林勝安律師
出版日期　2001年 3 月初版一刷
　　　　　2005年 5 月二版一刷
　　　　　2018年 3 月二版六刷
定　　　價　新臺幣300元